"BABY, DO NOT BE AFRAID"

DNA 瘦驼 云无心 李清晨 著

ZHEJIANG UNIVERSITY PRESS
浙江大学出版社

contents

设计完美宝宝 DNA

导 读 3

生男生女靠酸碱? 5

生孩子之非常道 8

坐月子:科学与传统 17

吃胎盘,能大补? 21

导致性早熟的是激素吗? 25

植入前基因诊断:设计完美宝宝 28

堕胎:一只小手 32

怀上了宝宝，该怎么做？ 瘦 驼

导 读 37

谁能辨我是雌雄？ 41

怀孕傻三年？ 45

验尿可知性别？ 48

孕吐,这是为什么呢？ 51

宝贝爱听莫扎特吗？ 56

妊娠纹,我能把你怎么样？ 59

B超会“超”坏胎儿吗？ 63

要孩子还是要宠物？ 67

你家宝宝吃什么？ 云无心

导 读 73
燕窝能否保胎？ 75
宝贝，别怕 77
要不要捐献脐血？ 82
双酚A陷入安全迷雾 88
爱睡宝宝缺铁记 91
不给孩子喂饭 93
没听说过小熊糖的爸爸 96
益生元，婴儿慎用 99
宝宝到底要不要吃牛初乳？ 103
我为什么不给孩子“补钙” 106
牙健康之点点滴滴 109
能吃的疫苗，离我们还有多远？ 113

宝宝生病了，怎么办？ 李清晨

导 读 121
家有小儿，常备开塞露 125
致命呕吐 129
小儿食物不耐受，也许被忽略 133
乖，你为什么哭？ 137
母乳喂养 Q&A 141
铅中毒，长相伴 148
当医生的宝宝遭遇感冒 157
血管瘤，分清真假再动手 167
这条小鱼在乎——先天性心脏病患儿的生之路 171
一个蛋蛋也不能少！ 175
阴囊，非请莫入！ 178
包皮非切不可吗？ 182
我用“话聊”治腹痛 187

设计
完美宝宝
DNA

导读

八年前，考研究生时面临专业选择的难题。那时我对理查德·道金斯的《自私的基因》一书颇为着迷。正如书中所述，繁衍后代、复制基因是所有物种的终极使命，而生殖正是完成这一使命的关键载体。那时我觉得研究生殖一定是有趣的事情，便选择了生殖生物学专业。之后的学习生涯，让我有机会了解生殖生物学界最前沿的基础理论和实际应用中的生殖辅助技术。

我在研究时，有一段时间频繁出入妇产科，因为要从医院那里获得流产女性遗弃的器官——胎盘。虽然没有直接接触过这些病人，但是我在实验室里摆弄的这些人类胎盘细胞，却是来源于一个个在怀孕早期（3~8周）做人工流产的女性。我有时惊异于我的实验材料能源源不断地从医院获得这个事实，无论是在国内还是国外。我时常会想，这些做了母亲却又放弃的女性，她们是否对生命产生这个美丽而奇妙的过程有所了解，是否真正知道流产对她们的伤害，是否理解避孕的重要？如果她们理解生殖过程的神圣与精妙，会不会对生命的孕育带有一丝敬畏而慎重对待避孕，从而尽量避免人工流产这种伤害生命也自我伤害的事情发生？

另外，我也发现有很多人对生殖过程充满误解。总是有很多奇怪的问题出现：多吃碱性食物能生男孩儿吗？坐月子期间真的不能刷牙吗？……为了解答这些问题，我回到科学论文的汪洋中搜索，寻找科学的答案。我期望为这些流传的民间说法找到科学的依据，不过往往结论都是——没有科学根据。

如果这些文字能够为那些对生殖与生命有好奇、有困惑、有期待的读者解答一点疑惑，我就很高兴了。

人的性别由两条不同的性染色体决定，女性的卵子只携带X染色体，XX染色体型是女性；男性的精子却有X染色体精子和Y染色体精子之分，XY染色体型为男性。在受精过程中，男性的两种精子在女性的生殖道里竞赛游泳，如果是X精子捷足先登与卵子结合，生出的将是女孩；如果是Y精子成功胜出进入卵子，生出的则是男孩。因此孩子的性别取决于男性的精子类型。科学研究表明，X精子和Y精子受精的几率基本上各为50%。

民间流传着男性的X精子更耐酸，而碱性环境更利于Y精子的说法。因此，有些很想生儿子的人，想尽办法来创造一些“利于”Y精子的环境，增加Y精子受精的几率。比如，有些女性在“造人行动”完成后，用碱性溶液（例如苏打水）冲洗阴道，以为这样可以降低X精子的活性。还有一些女性，在准备怀孕之前，猛喝柠檬水、苏打水等碱性水，认为这样可以使身体尤其是生殖道变得“更碱”一些，从而把受精机会留给Y精子。

那么X精子和Y精子是不是真的对酸碱性环境的敏感度不同呢？早在20世纪70年代，科学家们就研究过这个问题。我们知道，酸碱度一般以pH值来表示，pH值等于7.0时溶液为中性，小于7.0为酸性，大于7.0则为碱性。研究者用pH值5.2～8.0的酸性和碱性溶液对两种精子又洗又泡，结果发现X精子和Y精子的活力变化并没有明显区别。还有研究者用不同酸碱度的溶液处理兔子的精子，然后再进行人工授精，生出来的小兔子在性别比例上也没有显著区别；而且在这个实验中，用酸性溶液泡过的精子生出来的雄兔子比例反而要略微高一些，但不具有统计学意义。可见，没有科学证据支持“X精子耐酸、Y精子耐碱”的说法。所以，用碱性溶液冲洗阴道的办法，并不能增加生男孩的机会，反而会因为破坏了阴道内正常的酸性环境而增加患阴道炎的几率，这是很危险的——如果怀孕期间感染上阴道炎，严重的将导致流产、早产。

而“喝碱性水、吃碱性食物能改变身体酸碱度，成为‘碱性体质’，就可以增加生男孩几率”的说法，更是没有科学根据。首先，在正常生理条件下，人体各个组织、器官以及血液的酸碱度比较稳定，医学上根本不存在“酸性体质”和“碱性体质”的说法。人体血液的pH值一般会稳定维持在7.35～7.45之间，如果pH值发生改变，低于7.35或者高于7.45，就属于酸中毒或者碱中毒，一般是某种疾病的并发症，严重时会致命。其次，喝碱性水、吃碱性食物唯一能改变的只是尿液的酸碱度，不会使整个身体变为“碱性体质”，女性生殖道内的酸碱度更不会因此发生改变。在受精过程中，男性精子从阴道经宫颈、子宫、至输卵管。这几个女性生殖道的酸碱环境各异，而且 pH 值严格维持在一定范围，以确保正常的生理机能：正常情况下，阴道为酸性环境，一般 pH 值为 4.1～4.9，此酸性环境可以有效抑制有害菌生长；而子宫内 pH 值在 7.0 左右，为中性环境；输卵管，也就是受精发生的场所，为弱碱性环境。卵子细胞在受精过程中对酸碱度非常敏感，pH 值精确保持在 7.4。如果 pH 值发生变化，无论是变小（变酸）还是变大（变碱），都会影响受精的完成，可能导致不孕。事实上，女性生殖道内的酸碱度如果发生显著变化，往往意味着存在炎症或者病征。例如，阴道内的菌群失调导致 pH 值变大（变碱），分泌酸的有益乳酸菌生长受抑制，而致病或有害菌（细菌、真菌等）生长旺盛，从而患上阴道炎；又比如某些输卵管堵塞的病人，其输卵管积液的 pH 值为 8.6～8.7，大大高于正常水平。

由此可见，与其费尽心机去采用各种不科学的手段“生儿子”，还不如多花点时间和精力注意膳食平衡，坚持适当的运动，保持舒畅的心情，为生一个健康宝宝做好准备。

生育与避孕，是人生的大事；对于成年人来说，两者之中至少要涉及其一。虽然人们为了摆脱性的生殖功能而单纯追求性快乐，不遗余力地发明和应用各种避孕技术，但与此同时，世界上又有十分之一的男女到了想为人父母的年纪时，却要为不能通过最原始最自然的方式生育孩子而备受困扰。

那么，这种俗称“不孕不育”的情况到底是怎么一回事呢？我们不妨从头看看。

1. 孕育

女性卵子来源于胚胎时期的生殖干细胞。新生女婴的两个卵巢内大约有200万～300万个未发育的原始卵母细胞，在青春期之前，这些卵母细胞都处于休眠状态。当女孩第一次来月经后，卵巢内沉睡的卵母细胞被唤醒，开始发育为成熟的卵子，由卵巢排出并进入输卵管。停滞在输卵管的卵子等待着精子的到来，如果等不到精子则自行凋落，下一个月经周期又开始了。女人一生大约要经历400～500个月经周期，每个周期排出一个成熟卵子，直至更年期之后彻底绝经。有些女人可一次排出两个或多个卵子（医学上叫超排，与内分泌激素有关，有遗传），如果恰巧这些卵子同时受精，就生出异卵双胞胎或者多胞胎，例如罕见的龙凤胎；而由单个受精卵分裂成的两个（多个）胚胎，为同卵双生（多生），即长得一模一样的孪生子。

男婴出生时也是带着原始的精原细胞，产生精子的睾丸在胚胎时期处于腹腔内，在出生前才经腹股沟降入阴囊内。V然而，大约有3%～10%的男婴出生时睾丸未降入阴囊或者下降不全，也就是隐睾症，可以通过手术解决。需要提醒的是，由于在37℃的体温下睾丸会发生萎缩，因此手术越早越好，不宜超过两岁。男性青春期发育后，睾丸成为生精工厂，精原细胞迅速成长为成熟精子，并且源源不断，大约每天可生成1亿个精子，这也是使卵子受精所需的数量级。精子成熟的最佳温度低于体温1～2℃，如果高于38℃则会影响精子活力。因此，喜欢蒸桑拿的未育男子要小心，平时也不要用高于37℃的热水长时间泡蛋蛋。

话说男女在完成了没采取避孕措施的性爱活动之后，射入女性阴道的上亿个精子就开始了赛跑。子宫里黏糊糊的分泌液，实为筛选精壮的精子所备，那些弱小力衰的精子无法穿过宫颈黏液，只有强悍健硕者才能进入输卵管。若此时恰好有一颗恨孕待字闺中的卵子待在输卵管里，一群精子就会扑上去团团围住卵子使劲顶，幸运者抢先顶破卵子细胞膜，这颗精子的细胞核便趁机进入，与卵子细胞核融合，成为受精卵，并开始分裂为多细胞，其余的就自行退散了。受精后第7天，还只是一团细胞的小胚胎在输卵管里滚来滚去，借着输卵管液滚至子宫内，胚胎外层分化出来的胎盘细胞粘附于子宫壁上，与温厚柔软的子宫内膜细胞相互渗透融合，将胚胎锚定于子宫内，建立母胎循环，这一过程又叫胚胎植入。胚胎植入完成后，胎盘迅速发育，给胎儿运送营养，让它从此茁壮成长，直至40周时从妈妈的子宫内分娩出来。

2. 不孕不育

从卵子和精子各自发育成熟到受精卵形成再至胚胎植入，受多种内分泌激素和免疫因子调节，是一个复杂、精密、漫长的过程，这期间任何一个环节出错，都有可能导致不孕不育。

原发性不孕不育和继发性不孕不育

男性精子数量少、无精、死精、精子成活率低、精子活力低等，女性卵巢功能不全、不排卵、输卵管堵塞、月经不调、闭经、子宫发育缺陷、分泌抗精子抗体等，会导致原发性不孕不育。另外，性传播疾病可导致女性输卵管阻塞、粘连、伞端功能受限，以及男性副性腺炎和梗塞性无精症，会造成继发性不孕不育（以前能怀孕，而后不能再怀孕）。人工流产次数过多或者由人工流产导致的并发症，例如人工流产不全、生殖道感染、卵巢囊肿破裂等，亦有可能导致继发性不孕不育。

据世界卫生组织统计数据显示，发展中国家的不孕不育发生率约为8%～12%，其中，原发性不育率为2%～5%，继发性不育率则高达10%～33%，环境恶化、生育年龄推迟等是导致不孕不育发生率增长的主要因素。此外，很多年轻男女对性、避孕、生殖健康了解甚少，婚前性行为的高发生率和生殖卫生的低保护率形成了巨大反差，这恐怕也是不孕不育发生率增长的重要原因之一。正因如此，生殖健康教育最好从娃娃抓起。

庆幸的是，我们生活在科技迅猛发展的时代，很多以往根本无法解决的难题也能迎刃而解。更新更好的技术，总是顺应人们的需要适时出现。既然有那么多亟待解决的生殖问题，那么辅助生殖技术的出现也是必然，它为一些陷入不孕不育困境的男女带来了希望。

下面从人工授精、试管婴儿、妊娠代孕、子宫移植等方面来介绍目前辅助生殖技术的发展。

3. 人工授精

人工授精指将男子的精液采集后，用人工手段将精液注入女性生殖道（子宫）以取代性活动使女性怀孕的一种方法。人工授精属于比较简单的辅助生殖技术，仅适用于如尿道上裂、尿道下裂、顽固性不射精、严重早泄、逆向射精、阳痿等导致男性不能正常射精，或者女性子宫颈狭窄、宫颈黏液过分黏稠导致精子不能穿过的病例，或者由于特殊原因要通过非性交方式生育。例如，王小帅电影《左右》中的女主角就是试图通过人工授精的方法来与前夫再生一个孩子。

另外，人工授精技术在动物养殖业、畜牧育种、繁殖稀有动物等方面应用非常广泛。

4. 试管婴儿

对于女性排卵不正常、男性精子有缺陷的这类患者来说，则需要求助于试管婴儿技术。

试管婴儿技术的英文为 in vitro fertility（简称 IVF），即体外受精。虽然字面上听起来，体外受精与人工授精似乎差不多，但实际上两者有着本质的区别。体外受精指分别将男性的精子和女性的卵子从体内取出，在体外培养条件下让精卵结合完成受精过程，不过这只适用于男性精子正常的夫妻；对于男性精子有缺陷的病例，精子不能靠自己的力量钻进卵子细胞内发生融合的，则还需要通过显微注射将精子的细胞核注入卵子细胞。受精卵开始分裂，在体外培养 2～3 天后发育成囊胚（早期胚胎），再将囊胚移入女性子宫内。然而即使到了这一步还不算大功告成，只有包绕在胚胎外围的胎盘细胞能够植入子宫壁建立母胎循环，才表明受孕成功。由于精卵结合和最初的胚胎发育在“试管”里发生，试管婴儿由此得名。

首例试管婴儿由英国胚胎学家爱德华兹(Edwards)和妇产科医生斯德普特(Steptoe)于 1978 年合作完成，迄今已有 30 多年的历史。2010 年，创建试管婴儿技术的科学家获得了诺贝尔生理学或医学奖。目前试管婴儿技术日臻完善，其平均成功率（活婴出生率）在 30%～40%左右。但受孕率（体外培养的囊胚移入子宫后能成功植入子宫壁的比率）明显与女性年龄相关。一般来说，30 岁以下的女性成功率高达 50%以上，而 40 岁以上的女性则大约只有 11%能成功受孕。由此可见，不管是通过何种方法生育，“生娃要趁早”是个颠扑不破的真理。

5. 妊娠代孕

虽然试管婴儿能够给卵巢不育的女性带来做母亲的希望，然而对子宫不育的女性却爱莫能助。先天性子宫发育缺陷、习惯性流产、由于子宫病变而须切除子宫，或因其他疾病而使女性无法完成怀胎十月的妊娠；另外，患有胎儿宫内生长受限、严重妊娠高血压综合征的女性也难以生育健康孩子。这对卵巢正常却子宫不育的女性来说无疑是巨大的痛苦和遗憾，妊娠代孕技术（gestational surrogacy）由此应运而生。

妊娠代孕与传统的“借腹生子”并不相同，其过程倒是与试管婴儿相似：从委托的夫妇体内取出精子和卵子，体外受精并培养，将囊胚植入代孕母亲的子宫；胎儿在毫无血缘关系的代孕妈妈子宫内发育成长，瓜熟蒂落后交还给遗传父母。传统的

"借腹生子"则由丈夫提供精子，代孕妈妈提供卵子，孩子是代孕妈妈的亲骨肉。在有人工辅助生殖技术之前，只能让丈夫和代孕妈妈一起睡觉来获得孩子，现在则可以应用人工授精或者体外受精的非性交方法。瞧，这就是科学的力量！

世界上第一例妊娠代孕的婴儿于 1985 年在美国诞生。2005 年，美国生殖协会（American Fertility Association）对全国 1993—2002 年的 3000 多个妊娠代孕案例进行统计，结果显示成功率（活婴出生率）达 39.3%，这表明妊娠代孕已是一项比较成熟和安全的辅助生殖技术了。之前被国内各大网络媒体竞相转载的一则新闻《美国一对女同性恋在同一天分别生下双胞胎》就是试管婴儿和妊娠代孕技术的成果。有趣的是，这两对双胞胎其实都来源于其中一位妈妈的卵子与捐赠精子的体外受精，而医生将四个体外培养的胚胎分别植入两位妈妈的子宫。因此，一位是如假包换的遗传母亲，另一位则是妊娠代孕母亲，而生下来的其实是遗传意义上的四胞胎。

目前很多国家禁止商业性代孕，例如英国、日本、加拿大、新西兰等国，但非营利性的代孕是合法的，即需要代孕志愿者，和骨髓捐献、器官捐献一样，不能商业化买卖、签合同；在美国一些州还有荷兰、比利时等国，商业化代孕则属合法生意。中国卫生部于 2001 年颁布的《人类辅助生殖技术管理办法》则明文禁止"任何形式的代孕技术"，所以别看现在中文网络上出现了各种代孕网和代孕公司，其实都属非法。

6. 子宫移植

寻找代孕妈妈虽然是子宫不育的女性可以选择的一条途径，然而其中牵涉的法律、伦理、经济等诸多问题难以解决。另外，很多子宫不育女性更希望能同时成为自己孩子的妊娠母亲，体验孕育生命的酸甜苦辣。子宫移植成为解决这个难题的又一新途径。

早在20世纪六七十年代，子宫移植手术就已经在狗、兔子以及猴子等动物身上开展试验，多为自体移植，用于研究盆腔手术的血管缝合技术。进入21世纪以来，又有了进一步的尝试。2002年，沙特阿拉伯一位因为数年前分娩时大出血而切除了子宫的26岁女性接受了子宫移植手术，然而3个多月后发生血栓又不得不被再一次摘除子宫。2003年，科学家们通过改进移植技术，使得小鼠异体移植的子宫成功孕育出了健康的小老鼠。2007年，美国医生又开始计划进行人的子宫移植手术，并对此充满信心。不过也有专家表示，还是先在灵长类动物身上试验成功后再动手更靠谱，因为一般异体移植手术后的病人都需要服用抗免疫排斥的药物，而这些药物大多对胎儿有严重毒害作用。

7. 展望

2008年8月，世界顶级学术期刊《自然》杂志做过一个关于试管婴儿技术的专访，采访了试管婴儿、干细胞、遗传学等方面的专家。这些科学家对未来的试管婴儿技术提出了大胆设想：例如，100岁的人也可能生孩子、未来还可能出现人造胎盘、体外批量生产人类成熟胚胎等。但是要实现这些离奇设想，在技术上还有很远的距离，目前是只能在科幻电影里看到。

目前，试管婴儿技术的花费依然不菲，国内大约为5万～15万人民币，在美国大约需1万美元，然而随着技术成熟、成本降低，未来几十年有望更便宜。

科学技术日新月异，总是能给我们带来惊喜，我对辅助生殖技术也同样乐观。不过，能自然生还是尽量自然生，毕竟这是最便宜、最好玩、最简单的方法。

坐月子：科学与传统

生育孩子，对每一个家庭来说都是一件极为隆重的事情。对于中国女性，产后“坐月子”更是一件大事。其实，不仅仅是中国，韩国、日本、泰国、越南、老挝、柬埔寨等其他亚洲国家的女性在分娩之后都有类似“坐月子”的习俗，很多“月子禁忌”也和中国非常相似，例如：绝对卧床休息、不能洗澡、不能洗头、不能刷牙、不能吃凉性的食物（如蔬菜、水果）、不能见风等。

现代医学没有“坐月子”一说，但是对于女性的产后恢复（postpartum recovery）亦有完整系统的理论和临床经验。在分娩之后，女性身体在各方面会有一系列巨大的变化，各种内分泌激素水平发生改变，子宫发生收缩并逐渐恢复至怀孕前的大小和形态，各种创口也会逐渐愈合，而这个过程大约需经历6周，这也是现代医学认为产后恢复所需的时间。子宫的收缩会导致疼痛，又叫产后痛（afterpain），一般在产后第三天就会减轻；在分娩过程中胎盘从子宫壁上剥离所产生的伤口在产后会逐渐愈合，在伤口界面有一些残余的血液会从子宫中排出，即恶露（lochia)，通常恶露排出会持续 2～3 周甚至 2 个月。产后，新妈妈们会感觉浑身酸痛，尤其是手臂、颈部和下颚，这是分娩过程中肌肉用力后疲劳所致，大多会在几天之后逐渐消失。对于顺产的女性，阴道撕裂的伤口也需要几周时间恢复；而盆骨的复原，例如耻骨联合分离和尾骨损伤的愈合，则需要长达几个月的时间。另外，产后还会出现小便困难，这是膀胱、尿道在分娩过程中受到挤压所致；由于产妇腹肌松弛、盆腔周边肌肉无力，产后便秘的情况也很常见。

由此可见，产后恢复对女性来说的确是一个艰难而重要的过程。即便是我们印象中剽悍的白人女性，也不是生完孩子立马就能下床活蹦乱跳的，医生也同样建议产妇好好休息、适当补充营养、不要急于返回职场工作、帮助体形恢复的剧烈锻炼最好在 6～8 周后再逐步进行。所不同的是，西方女性在产后恢复期的日常生活并不像中国及其他亚洲国家的新妈妈们一样发生明显改变，没有严格繁冗的“月子禁忌”。西医认为，洗澡、洗头、刷牙是必要的日常清洁，可以降低产后伤口感染的风险；蔬菜、水果在产后也要多吃，保证营养平衡；日常的活动（上下楼梯、外出散步等）不会影响恢复，一些柔和的体操还能促进肌肉和功能的复原。

遵从“月子禁忌”的亚洲女性（尤其是中国）相信这些禁忌可以减轻甚至避免产后发生的一些慢性病痛，俗称“月子病”。例如，刷牙、吃冷酸硬的食物会引发牙痛；洗澡、下床活动会导致腰背、颈、四肢痛；洗头、见风会引起头痛；接触冷水会导致手指、腕关节痛；等等。然而，2008 年 3 月发表在学术期刊《妇幼健康杂志》(*Maternal and Child Health Journal*)上的一篇研究论文指出，对中国农村的 1800 多名女性的调查结果显示，“月子禁忌”与慢性痛的发生率没有显著联系，一些“月子禁忌”反而会对女性健康有负面影响，例如：不刷牙容易导致牙周炎等口腔疾病。

最近，瑞士科学家们则发现，疼痛灾难化级别 (pain catastrophizing scale) 越高的女性，在分娩过程中和产后体验到的疼痛感越严重，而且产后恢复越慢。这也是医学上的“恐惧—逃避模式” (fear-avoidance model) 的形式之一，即把疼痛看做灾难的病人容易因产生恐惧而采取保守的行为，例如：自我保护措施、休息等。很多研究表明，对于慢性痛（如腰背痛）的病人，卧床休息反而会延迟其康复，保持正常的活动及工作能够加快其恢复，并降低慢性痛的发生率。结合所谓的“月子病”来看，对于产后的腰背、颈、四肢等疼痛，越是惧怕越不利于康复，过度的卧床休息可能带来负面效果。

近几年，大量调查研究显示：无论是在中国还是在东南亚一些国家，“坐月子”的习俗依然盛行；即使生活在北美、欧洲等地的东南亚女性移民，亦有 80%～90%以上的产妇按照传统的方式“坐月子”。2006 年发表在《英国医学委员会公共健康》(*BMC Public Health*)的一篇研究论文显示：在 2100 多名来自中国城市和农村的女性中，有20%的产妇在“坐月子”期间不吃任何蔬菜，大约80%的产妇不吃任何水果，仍有60%～80%的产妇在“坐月子”期间不洗澡、不刷牙、不踏出家门一步；有趣的是，“月子禁忌”通常都由家庭中年长的女性（产妇的母亲或者婆婆）严格把关，虽然年轻的新妈妈们也抱怨“坐月子”期间生活得极不舒适，但大多数还是选择听从长辈的安排。

可见，“坐月子”远非简单的科学问题，更是一种浓郁的文化现象。虽然现代临床医学和流行病学的各种统计数据、研究报告都告诉我们，很多传统的“月子禁忌”并没有坚实的科学证据，但是信不信，可不是只由科学说了算的。

吃胎盘，能大补？

很多人相信服用人胎盘能强身健体，甚至抗衰老。不仅民间有吃胎盘大补的传说，中医也用人胎盘入药，名为“紫河车”。中医认为，胎盘性味甘、咸、温，入肺、心、肾经，有补肾益精、益气养血之功。据《本草纲目》引《丹书》所述：天地之先，阴阳之祖，乾坤之始，铅汞之匡廓，胚胎将兆，九九数足，我则乘而载之，故谓之河车。这番话翻译一下，通俗地说，就是古人认为胎儿坐着胎盘这辆小车跨过“天地”、“阴阳”、“乾坤”之界降临人世，又因为胎盘焙干后入药呈紫色，所以谓之“紫河车”。

让我们用现代医学的眼光来看一下这个现象。胎盘是来源于胚胎的特殊器官，当受精卵分裂成为一个小囊胚时，包绕在最外层的细胞将发育成胎盘，而被包在内部的细胞团则发育成胎儿。胎盘细胞在妊娠早期不断侵入母体子宫内壁，就像打铆钉一样将包着的胎儿牢牢锚定在子宫里；同时胎盘细胞与母体子宫的血管融合，建成运输养料和氧气的“母婴高速路”。胎盘在妊娠中后期，又成为一个分泌器官，合成绒毛膜促性腺激素（hCG）、胎盘生乳素、雌激素和孕激素等多种激素，同时富含干扰素、免疫球蛋白和各种生长因子。

虽然胎盘确实富含蛋白质、糖、钙、维生素、干扰素、免疫球蛋白、生长因子、hCG、雌激素和孕激素等“好”东西，但并不表明吃胎盘就能大补。蛋白质、糖、钙、维生素这些最基本的营养物质，从我们平时吃的鸡、鸭、鱼、肉、蔬菜和水果中就能获得，胎盘在这一点上没有任何优势。而干扰素、免疫球蛋白、生长因子、hCG 都是蛋白质大分子，经过水煮或者焙干后，基本也变性或者降解，失去了原本的生物活性。即使有一些侥幸残留的“活性物质”，口服下去后，经过肠胃里的胃酸、各种蛋白水解酶的消化后，也可能变成了氨基酸，和吃下去二两熟猪肉没有本质区别。

有一些保健品公司生产出所谓胎盘注射液，号称含有“活性多肽”等物质，可增强免疫力、抗衰老什么的。事实上，这些“活性多肽”是蛋白质大分子消化不完全的产物，也就是十几个氨基酸连在一起的小片段，既没有完整的蛋白质分子原有的生物活性，也不能像单个氨基酸那样被细胞直接吸收。如果肌肉注射这些成分不明的“活性多肽”，非但没有那些神奇效用，还有可能引起过敏反应。如果他们的宣传单还告诉你，胎盘注射液里有结构完整的干扰素、免疫球蛋白、生长因子、hCG，那问题就更大了。这些蛋白质分子的生理作用各不相同，适用证也不同，如果滥用，后果很严重。比如胎盘分泌的重要激素

hCG可以用于试管婴儿过程中的促排卵，却有20%的女性会因此发生卵巢过度刺激综合征，严重的甚至有生命危险；又比如作为抗病毒药物的干扰素，会带来“流感样症状”的副作用；而很多生长因子则是肿瘤发生和扩散的帮凶。所以，流行于美容院的胎盘注射液，确实不可信赖。

胎盘还含有一些分子量小、相对不易降解、能被细胞直接吸收的甾类激素：雌激素和孕激素。它们不溶于水，却可以溶于酒精。《本草纲目》中提到用酒煮胎盘，如果是制成粉末也要用酒饮服，倒有一定道理。然而，雌激素和孕激素不是任何人都能拿来“补”的。对成年女性而言，摄入过量雌激素的最大危险之一是导致乳腺癌；如果成年男性摄入雌激素，则有患上前列腺癌的风险；未成年小女孩服用雌激素，会导致性早熟；而小男孩补充雌激素，那是泰国造“人妖”时采取的做法。

真正需要补充雌激素的，是卵巢萎缩导致体内雌激素水平下降的更年期女性。雌激素和孕激素也可用来治疗不育症、月经不调等，还用来制备口服避孕药。但无论用于何种治疗，服用雌激素和孕激素都有一定的副作用和不良反应，因此有严格的剂量控制。然而，成分复杂的胎盘制品，无论是焙干酒煮还是“高科技”提纯，无论是口服粉剂还是注射液，其具体成分、精确剂量、活性都无从得知，就像一锅乱炖的大杂烩，不仅有效性可疑，安全性更难以保证。

最后再提最重要的一点，胎盘虽然貌似“营养丰富”，却也可能携带麻疹、乙肝、艾滋病、梅毒等病毒。胎盘与母体血脉相通，如果孕妇携带某些通过血液传播的病毒或者病原体，那么胎盘也是运载这些病毒和病原体的“河车”。而通过医院私卖或者其他途径弄来的胎盘，恐怕也难有标准流程来检疫是否带有病毒。为了吃这没什么大用处的东西，增加自身与各类病毒的接触机会，实在不值得。

儿童性早熟问题一直颇受关注。不过，要分析婴儿性早熟出现的原因并不容易。且不说这个阶段的婴儿可能因为母体雌激素的影响，出现“假性性早熟”现象，即使真的因为食物原因导致了性早熟，也需要仔细分析雌激素究竟是不是“罪魁祸首”，它们又是从哪里来的。

雌激素能导致女婴性早熟，但能导致女婴性早熟的不仅限于雌激素。有一些东西具有雌激素效应，在一定浓度范围内，可以模拟雌激素的生理作用，因此也被统称为“类雌激素”。无论是雌激素，还是类雌激素，都不像三聚氰胺那样可以优化产品的检测数据，也不像DHA之类的添加剂那样可以让产品卖个好价钱。此外，它们不比生长激素能刺激婴儿生长，相反会导致骨骺线提前闭合，影响孩子的身高。从牟利的手段和噱头的意义上来说，都很难想象生产商会在婴幼儿奶粉中主动添加这些东西。不过，如果奶粉中检测出含有类雌激素物质，我也不会吃惊，因为这可能是生产过程中受到污染所致。事实上，几乎所有的婴儿奶粉中都含有极其微量的二噁英、多氯联苯、有机氯农药等环境污染物的残留，而这些环境污染物大多数都是“类雌激素”。

二噁英和多氯联苯是工业生产过程中产生的污染物，而有机氯农药在20世纪50年代至80年代应用广泛。这几种污染物都是持久性有机污染物，很难降解，半衰期长，而且容易在生物体的脂肪组织中富集。高浓度下，这些污染物有致癌作用，因此目前各国都在大力治理二噁英和多氯联苯，大部分有机氯农药也早已被禁用。然而，环境中早已积累了大量难以降解的持久性有机污染物，它们会通过食物链进入人体，在我们的脂肪组织里蓄积。当它们在人体内积累到一定浓度之后，就可以模拟激素作用，干扰人体正常功能，导致各种内分泌疾病和异常，比如儿童性早熟。婴儿和儿童正处于发育期，对环境污染物也更为敏感，近年来儿童性早熟的病例不断增加，与环境污染不无关系。

各国科学家目前能做的是：通过毒理学实验，研究各种环境污染物对健康的危害，并找到无危害的最低剂量。政府部门则根据这些毒理学数据，对食品中的各种污染物残留制定严格标准。污染物的含量在这个标准范围之内的，被认为是安全的。例如，目前欧盟对婴儿配方奶粉中二噁英残留量的限制是3ppb（也就是万亿分之三）。根据2003年欧盟对市场上婴儿配方奶粉的抽查，二噁英和多氯联苯的含量均低于1ppb。从目前的研究来看，在如此低剂量下是没有激素作用的，也不会对健康有显著影响。

值得注意的是，从一些新闻报道来看，出现性早熟情况的女婴大多接近或者超过 1 周岁。考虑到儿科医生通常建议在婴儿满 6 个月后开始添加辅食，而婴幼儿辅食中鸡蛋、水果所占比例又较大，这些食品成分也会含有一些环境污染物的残留，因此辅食亦有可能是类雌激素的来源。

植入前基因诊断：设计完美宝宝

2009年1月，一个在英国刚出生的女婴备受关注。这个宝宝的特殊之处是她在胚胎阶段就接受了基因筛检，从而避免罹患家族遗传性乳腺癌，英国媒体称其为“无癌宝宝”(cancer-free baby)。

事出有因：“无癌宝宝”的父亲家族有多位女性亲属患上乳腺癌，于是其母亲担心生下的孩子将来也会罹患乳腺癌，因此决定寻求“植入前基因诊断”(pre-implantation genetic diagnosis, PGD)技术的帮助。PGD在完成试管婴儿的过程中进行，医生先将卵子与精子分别从这对夫妇体内取出，体外受精形成受精卵。当受精卵生长成为由8个细胞组成的早期胚胎时，医生从每个胚胎中取出1个细胞，分别进行分子遗传学的检测。医生检测了11个胚胎，发现其中有6个胚胎的BRCA1基因发生突变。医生挑选了2个携带但没有发生突变BRCA1基因的胚胎植入母亲子宫内受孕，其中一个胚胎发育良好，最终生出了健康的“无癌宝宝”。

BRCA1基因是怎么回事呢？早在20世纪90年代初，科学家们就发现 BRCA1 基因和其姊妹基因 BRCA2 与乳腺癌高度相关，携带 BRCA1/2 突变基因的女性患上乳腺癌的概率比正常人高 7 倍多，并伴有家族遗传史。美国一项调查显示，88%的 BRCA1/2 突变基因携带者极度担忧会将突变遗传给自己的孩子。植入前基因诊断使携带者有更多机会生育基因健康的孩子，让他们的孩子免于未来罹患乳腺癌的恐惧和痛苦，比如上文中这位“无癌宝宝”。

不过，需要注意的是，植入前基因诊断也只不过消除了“无癌宝宝”今后罹患乳腺癌的高风险，并不能保证她今后 100%就不会得乳腺癌或者其他癌症。英国每年有 44000 个乳腺癌患者，其中只有 5%～10%是由基因突变或者缺陷引起的。也就是说，90%以上的乳腺癌患者并没有携带致病基因，而是其他因素导致。一般来说，诱发癌症的因素复杂多样，基因突变、长期不良的生活习惯和方式、环境污染、病毒感染都有可能导致癌症的发生。如果这个“无癌宝宝”长大后，长期大量吸烟，患上肺癌的几率会大大增加；如果她长期饮食结构不合理、不规律，则有患上胃癌和结肠癌的高风险；如果她被人乳头瘤病毒持续感染，那么她罹患子宫颈癌的概率很大；如果她长期生活在某些被工厂排出的废气、污水严重污染的“癌症村”，那么她有患上各种癌症的危险。

“无癌宝宝”的诞生引起轰动，但她并非第一个应用植入前基因诊断的婴儿。20 世纪 80 年代末，科学家们改进分子遗传学技术——多聚酶链式反应（polymerase chain reaction, PCR），使之能检测单个细胞的基因。在试管婴儿过程中，体外培养的早期胚胎只有4～8个细胞，进行基因检测非常困难，而单细胞基因检测技术则为植入前基因诊断的应用奠定了基础。1990年，第一个由植入前基因诊断技术筛检的男婴出生，不过当时检测的不是致病基因而是Y染色体，也就是性别筛选。1992年，植入前基因诊断首次应用于筛检囊肿纤维化致病基因，携带突变基因的夫妇生下一个基因正常的健康女婴。迄今，已有将近20种遗传性疾病的致病基因被用于植入前基因诊断，包括脊髓小脑萎缩症、杜氏肌营养不良症、先天性肾上腺增生症、亨廷顿舞蹈症等。“无癌宝宝”再次引起关注，是因为以往植入前基因诊断筛查的都是100%确定能导致严重遗传疾病的基因，而这次筛查的BRCA1基因只是与乳腺癌高度相关，却不是100%会导致乳腺癌发生。“无癌宝宝”的诞生标志着植入前基因诊断的应用范围再次拓宽，从此向癌症相关基因筛检打开了大门。

也有一些伦理学家担心，如果植入前基因诊断应用于非疾病基因的筛选，一些父母就可以按照他们的意愿来选择和设计宝宝的非疾病相关特性，比如性别、智商、身高、容貌等，从而打造出“设计宝宝”（designer baby）。事实上，植入前基因诊断在某些国家已用于性别筛选，比如美国现有提供植入前基因诊断的诊所中，有42%的诊所提供胚胎性别筛选服务，平均每11

个做植入前基因诊断的胚胎中就有1个是做性别筛选的。不过，目前关于智商、身高、容貌等特性与基因的明确关系尚不清楚，也没有相关基因可用于植入前基因诊断。现代分子遗传学与医学的发展日新月异，越来越多的基因谜团也将被破译；或许在今后的某一天，某些父母真的能通过植入前基因诊断来设计和选择宝宝的头发颜色、眼睛大小、个子高矮、身材胖瘦、智商高低等。至于“设计宝宝”是否违背人权和伦理，则是宗教、伦理学、社会学、法学等领域思考和辩论的问题了。

2005 年，我在加拿大温哥华研究胎盘的发育与功能。由于我的研究与人类生殖健康相关，需要获得人的组织和细胞作为研究材料。那时，我每周都要去温哥华的妇女儿童医院的妇产科手术室，取回女性做人工流产后废弃的胎盘组织作为研究材料。

从医院取来的胎盘组织都来源于怀孕 3～8 周的女性，她们采用负压吸宫术做流产手术。这种方法是利用一个产生负压的真空泵装置，将女性子宫内的胚胎（早期的胎儿）和胎盘利用负压产生的力量强制性吸出来。在吸出过程中，胚胎、胎盘和一些子宫内膜就像肉进了搅拌机的漩涡，都会被巨大的吸力搅碎。因此，在流产手术中吸出的组织，其实是胎盘、胚胎和子宫内膜的碎片混合物。

我也曾在国内的医院取过胎盘材料，国内的妇产科医生会干净利落地将胎盘组织从流产下来的残物中拎出来，放在我们预先提供的组织培养液中。每次我所得到的仅仅是泡在橙红色培养液中的乳白色、半透明的小包囊，直径大约为 3～5 厘米，包囊的外表长满了有无数分枝的树桠状绒毛，有点像海蜇丝。这个小包囊就是胎盘，是负责母亲和胎儿之间交换氧气和营养物质的器官。严格来说，我也从未见过流产下来的胚胎。

然而不幸的是，加拿大的妇产科医生并不提供这样一个举手之劳，每次都给一堆混合血水和各种组织的标本。我的工作因此增加了一个环节：将胎盘组织挑选出来，并且要仔细辨别与胎盘形态很相似的刮宫下来的子宫内膜组织，以免混淆。

更不幸的是，一次我专心致志、小心翼翼地挑选胎盘时，在一堆肉色的组织碎块中，夹出了一只透明的小手——没错，我穿着白大褂坐在无菌室里，手里举着一支精细的手术镊子，尖端夹着一颗极小的乳白色组织块，对着无菌室里的明亮灯光，分明看到一个米粒般大小、透明的、刚刚能辨清五指轮廓的小手。作为一个长期埋头于实验室里的科研工作者，这是我第一次亲眼见到流产胎儿的残肢，而它就在我手中举着的镊子尖端。透明的小手那样直愣愣地张开着，还未彻底分开的五指边缘逸射出一圈淡淡的诡异光晕，让我惊慌不已，竟然吓出一头细汗。

很长一段时间，我的脑海里反复出现那只透明小手的样子。这也使得我对堕胎的看法有所改变，甚至有些矛盾。

一方面，从理性的角度来说，我认为女性有堕胎的权利。人类作为目前最高等的生物，为了反抗以生殖为终极目的的自然命运，发明了各种避孕方法；然而，任何一种避孕方法都有失败率，因此孕早期的人工流产成为补救措施——选择在孕早期流产的女性多数为意外怀孕，而孕中期和孕后期引产的则多数为医学原因（不过在中国，情况可能更复杂）。

但是，另一方面，从情感的角度来说，自从那只晶莹透明的、有着残酷美感的小手被我从血肉模糊的碎片中拣出来之后，我对尚属生命早期阶段的胚胎有了巨大的敬畏之情，隐隐觉得堕胎是一种罪恶。此外，从健康的角度来说，堕胎本身对女性的生理伤害也是巨大的，人工流产次数过多，会大大增加今后不孕、习惯性流产的风险，也容易导致宫颈糜烂及增加患宫颈癌的风险，还有可能增加患子宫内膜异位症、腺肌症和子宫内膜癌的风险。也许只有努力去做更多，呼吁人们提高意识上的重视，以及通过技术方面的改良，才能避免堕胎这样既残忍又损害健康的事情发生。

习惯性流产

又叫自发性流产，虽然多次人工流产有可能导致习惯性流产，但很多从未做过人工流产的女性也会有习惯性流产症状，属于免疫或者内分泌病症。

怀上了宝宝，该怎么做？

瘦　驼

导 读

自打“领导”怀孕，我这个准爸爸就一直扮演在某种程度上不受欢迎的角色。因为太多时候，我是一个努力唱各种反调的人。

孕育这个事关人类物种繁衍生息的话题，承载了太多关注，以至于几乎所有关于孕育的细节都被放大和强化。这使得孕育之道充满了各种光怪陆离的信息，既有流传了千百年的传统观点，也有来自异域的都市传说，更有对最新科研报道的片面解读，真是让人无所适从。而作为一名新时代科学准爸爸，在面对“领导”种种提问时，当然不能人云亦云了。于是，我便一头扎进了文献资料里，每解答一个问题都像是写了一篇综述。

成为准爸爸之后，我面对的第一个问题就是我们家小雪的去留。小雪是一只宠物狗。长辈们的意见很统一——抱走；而“领导”的态度也很坚决——留下，毕竟小家伙已经是家庭的一分子了。部分同龄朋友在交流这个话题的时候也提到了可怕的“弓形虫”问题。实际上弓形虫的存在非常普遍，虽然弓形虫的确会导致一定的胎儿发育问题，但这种情况发生的概率很低，并且喂养宠物可能只是有利于弓形虫传播的途径之一。狗若是被误伤了，除非你吃掉了自己的宠物狗，而且没做熟，才有可能患上弓形虫病。经过一番解释，小雪得以留在“领导”身边，我们的宝宝甜筒也在人生的最初几年有了一个好玩伴。

这只是一个典型的恐惧心理放大的例子。B超的传言也是一样。同样在我的努力下，“领导”破解了“辐射恐惧症”，没有穿“防辐射服”，当然另一部分原因是“防辐射服实在是太难看了”。

刚结婚那会儿，“领导”的奶奶曾经把“领导”悄悄拉到一边传授生男秘籍，说来也简单，就是婚后朝左睡。在生男孩方面，老人家的确很成功，“泰山大人”兄弟六人，只有一个妹妹。甜筒诞生之后，老人家更高兴了，因为她的秘方又有了一个“成功案例”。

各种生男生女秘方、预测男女的方法，和抗妊娠纹的化妆品同属一类，它们成功地利用了人们在面对概率时的普遍迷茫。事实上，做或者不做，不可能改变事件发生的概率。这些东西都年代久远，预测男女和抗妊娠纹可以追溯到两三千年前的古埃及，而胎教也有几百年的历史。现在出现，不过是老古董“现代化”翻版而已。“领导”花大价钱买的抗妊娠纹的

“神油”开始时好像起了作用，直到妊娠最后几周，她的大肚皮上才出现了不太显眼的几条妊娠纹。反正也没啥坏处，就权当是给肚皮做大面积护肤了。

胎教跟抗妊娠纹化妆品十分相似，好处似是而非，反倒是“辅作用”很明确。我念科研论文给“领导”肚子里的甜筒听，真正受益的是“领导”——催眠效果相当好。而“领导”给甜筒讲故事，受益的也是她自己，这使得她更早地进入了妈妈的角色。

以一个过来人的身份回望那40周，好似转瞬即逝。人生路漫漫，还有很多问题等着我去解答。嗯，有科学，不迷茫。

谁能辨我是雌雄？

“雄兔脚扑朔，雌兔眼迷离，双兔傍地走，安能辨我是雄雌？”实际上，对于没有仔细观察过兔子的人来说，即便它们安安静静待在眼前，也很难分清兔子的性别，因为我们并不熟悉兔子。人类最熟悉的动物莫过于我们自己，因此人们相当自信，如果不是花木兰姑娘精心改扮，十二载铁衣罩身，没有人会在她性别问题上犯错误。多数人看来，男和女，就像火星与金星，隔着十万八千里。来到这个世界上第一个让人操心的问题就是性别，产科大夫提着我们的脚端详一下，向世界宣告“小茶壶嘴嘴！恭喜恭喜，大胖小子”，或者相反，然后我们便按照这个宣告各自奔向不同“星球”。

然而现实并非如此。按照不同的研究统计，每100名新生儿中，总有一到两个孩子让产科大夫在宣告性别时犯难；每1000名新生儿里，就有一到两个孩子长大后要面临巨大的困惑：我到底是男孩还是女孩？

何以至此？这还要从精卵相遇那一刻说起。当受精卵形成时，来自精子和卵子的各23条染色体配对成23对，其中一对叫做性染色体——来自卵子的X和来自精子的X或者Y，后者将决定这个孩子的性别。不过先不着急，它们的作用要等到妊娠第7周才能表现出来。在此之前，胚胎是没有性别的，它们体内都有一对生殖腺、两副导管，而体表上将来发育成外生殖器官的地方只有一个疙瘩、一个褶皱和一个突起。就是在第7周，Y染色体（如果有的话）上一个叫做SRY的基因开始发挥作用，它将诱导睾丸的形成；如果没有SRY，第10～11周，卵巢就会开始发育。一旦卵巢和睾丸形成，它们便开始产生不同的性激素。对于女性，卵巢分泌的雌激素将促使一副叫做缪勒氏管（Müllerian ducts）的管道发育成输卵管、子宫和阴道的上部，而那个疙瘩将变成阴蒂，褶皱变成小阴唇，突起变成大阴唇。对于男性，强势的雄激素将抑制缪勒氏管的发育，转而使另一副管道——伍尔夫管（Wolffian ducts）发育，形成附睾、输精管和射精管，小疙瘩和褶皱合二为一变成小茶壶嘴嘴，而突起则会变成阴囊，等待日后睾丸跋涉至此安家。

由此看来，男人与女人的界限并非那么泾渭分明。在奇迹般的胎儿期，发育过程中的一些细微改变都会影响性别的区分。那些无法按照传统的男女标准界定性别的人，就是所谓的“两性人”。很多情况可以导致两性人的出现，其中最常见的是先天性肾上腺皮质增生症（congenital adrenal hyperplasia，CAH），亦称先天性肾上腺性征异常病。这是一种男女均可患的常染色体隐性遗传病。这种情况下，一个遗传上的女孩，在胎儿期肾上腺皮质反常增生，腹腔内产生大量的男性激素，结果导致男性化的外生殖器。由于阴蒂大似男孩，因此从小被当作男孩了。另一个捣乱的家伙是黄体酮，这是一种过去常用的保胎药，黄体酮的效用与雄性激素相似，因此使用它往往会导致女婴男性化的问题。与前两种情况相反，一个XY胚胎如果患有男性激素不敏感综合征（androgen insensitivity syndrome，AIS)，由于机体组织对睾丸激素不敏感，出生时他将会有女性的外观，但他的体内有一对睾丸，并且没有子宫。还有一些著名的病征，比如特纳氏综合征（Tunner's syndrome)，患者的性染色体比一般人少一个，只有一个X，这种病人会表现为发育不良、女性特征不明显；与之对应的克林菲尔特综合征（Klinefelter's syndrome）则是一个XXY男性，会表现出部分的女性特征。更罕见的情况是一个人体内既有卵巢也有睾丸，数种遗传问题可以导致这种情况的出现。

两性人绝非一个小的群体，随便在互联网上搜索，就可以看到许多不同类型的两性人的报道，其中不乏名人，比如台湾艺人利菁（根据描述，她是一个AIS人）以及以给戴安娜王妃写传记闻名的科琳·坎贝尔(Collin Campbell)。

虽然各种文明的神话传说中常见阴阳合体的角色，比如女娲，但现实生活中的两性人往往得不到社会的认可。在一些方言里，代表两性人的那个词是最恶毒的脏话之一。不过，随着外科技术的不断进步，现在借助整形手术，两性人可以选择变成“男人”或者“女人”。著名性学家马尼(John Money)曾在20世纪60年代制订了一套治疗方案，根据这套方案，两性人在出生后18个月内接受矫正手术，然后接受后续激素治疗，就可以成功归属于一种性别。然而最近的跟踪研究发现，很多接受马尼方案的人的生活并不美好，他们在性别认同和生活质量方面存在严重问题。这些人质问：“对于一个无法知情的婴儿，可以决定他的未来命运吗？”他们甚至认为两性人应该作为这个社会的“第三性”存在。这并不是乌托邦式的想法，而是现实存在。根据麦金利（Joan Imperato-McGinley）的研究，多米尼加共和国的一个地区广泛存在一种叫做5-α还原酶综合征的遗传病，这种人遗传上属于男性，但出生时有女性特征。当地人称这种人为“隐性人”，从未觉得是一种问题。

对此，美国儿科学会发布了最新的儿科医生操作准则，规定了如何护理这些无法判定性别的新生儿，包括如何确诊原因、如何决定养育过程中的性别取向等。

当然，最重要的还是如何让公众了解这一并不为人知的人群，并宽容地接纳他们。不过，看到春节晚会上笑星们仍然拿着性别认同作为笑点，就可以知道，前面的路还有很长，而且很坎坷。

怀孕傻三年？

“亲爱的，去超市是这个路口右转吧？”“领导”问我。

“直行……我昨天好像说过的吧？”

“哼！别怪我！怪你孩子去吧，怀个孩子傻三年，我妈说的。”

为了给孩子洗刷罪名，我得拿出过硬的数据来。于是，回家之后立即展开了文献查询的工作。

一查不要紧，这话题居然是跨文化的，英文里叫“Baby Brain”（婴儿脑）。几项调查发现，高达50%～80%的妈妈抱怨自己的脑子自打怀孕以后就不好使了，最常见的症状包括记忆力下降、阅读困难和注意力减退。其中记忆力下降是最显著的问题，医生甚至专门用“怀孕健忘症”来命名。科学家还发现，越是职业女性，越是学历高，这种抱怨就越多。

孕产妇身体的变化确实很大，尤其是体内激素水平的巨变，更是如过山车一般激烈。比如，孕晚期女性体内的雌二醇含量是她在未怀孕时月经周期中最高水平的30倍，同时她体内的可的松已经相当于一个抑郁症病人的水平。这些激素为胎儿的生长乃至分娩提供了必要的物质保障，但对准妈妈而言，就未必都是好事。在这些激素的影响下，孕妇的脑容量甚至会下降——伦敦汉默史密斯（Hammersmith）医院的奥特利基（Angela Oatridge）博士和同事们发现，妇女的脑容量在怀孕期间会降低4%。

难道"怀孕傻三年"是真的？可不敢这么着急下结论。果然有不同观点，美国科学家劳拉·格林（Laura M. Glynn）在2010年1月份的《神经心理内分泌学》（*Psychoneuroendocrinology*）杂志上发表了一篇名为《生出一个新脑》的文章。在这篇自称有史以来最翔实的探究人类怀孕分娩与记忆力之间关系的论文中，格林找到了254名孕产妇和48名未曾生育的女性，分阶段测试了她们的记忆力。结果发现，孕产妇和对照组女性在记数列和记人脸的测试中不分高下，但是孕产妇在听声音记词的测试中略处下风。

神经生物学家对小老鼠的研究更让支持"怀孕傻三年"的人跌碎眼镜。大多数的研究发现，与处女老鼠相比，怀孕的、哺乳期的甚至断奶以后的老鼠在记忆和压力耐受方面全面飘红。美国里奇蒙德大学以赫斯特（Naomi Hester）为首的研究团队通过三轮实验发现，大鼠妈妈捉板球的速度比未曾交配的大鼠快5倍。而在经典的十字迷宫测试中，妈妈老鼠在明亮分支中待的时间比处女老鼠短得多——喜欢黑暗的老鼠更不容易"焦虑"。来自加拿大不列颠哥伦比亚大学的伽利雅（Liisa

A. M. Galea）团队的研究更加细致，他们发现大鼠妈妈在第一胎断奶后，大脑中负责记忆的海马体中神经树突数量的确下降了，但第二次产仔的时候就增加到高于做姑娘时候的水平。不过，不论是“初产鼠”还是“经产鼠”，它们跑迷宫的本事都高于“处女鼠”，甚至“初产鼠”表现更好些。对此，伽利雅解释说，“初产鼠”的海马体中神经树突数量的下降是一种再造过程，相当于修剪。

其实这些结果也同样不令人惊讶，因为相比优哉游哉的小姑娘，鼠妈妈们面临更多生活的挑战，它必须牢记哪些地方能找到吃的，必须更熟练地捕食，更迅速地返回巢穴，更好地喂养和保护自己的宝宝们。如果不升级装备，它就不能很好地完成任务。

当然，与老鼠相比，人类妈妈可能会面对更多的困扰和烦恼，这些困扰和烦恼不仅来自身体和生理，更多的是来自文化和社会。我相信如果各位等待或者已经转正的爸爸们更多地帮家里的“领导”分担一些，她们就不会那么经常地抱怨自己的脑子不够使了。

呃，说到这里，似乎我也该面壁反省反省去了。

作为一个搞生物出身的准爸爸，我能做到的是——时刻准备着以科学精神监督一切可能对我们家“领导”造成困扰或忽悠的产品。而事实上，这种产品的确层出不穷。最近网上又出现了一种新鲜玩意儿，看上去很玄的美国货，英文名叫 Intelligender，中文名叫验胎灵。它的宣传语是这样的：

美国 Intelligender 胎儿性别测试杯，准妈妈怀孕10周即可测试婴儿性别!! 准确率高达90%以上！怀孕10周，即是胚胎形成的初期，B超是无法判定其性别的，而美国 Intelligender 胎儿性别测试杯的优势正在于其预测的及时性和准确率。

……美国 Intelligender 胎儿性别测试杯，自己在家即可亲自测试，既简单便捷，又安全准确！只需短短10分钟，就能提前揭晓答案！

这种玩意儿靠谱吗？按照我一贯的思维方式，所有这种吹得天花乱坠的描述都非常可疑——特别当它可能需要用钞票去兑换时，就更加需要大胆假设、小心求证。无论如何，一个东西被确认有效不是靠语言堆砌出来的，重要的是那个举证过程，“出处”、“数据”、“实验”缺一不可。在好奇心的驱使之下，我去美国食品和药品管理局网站上查了下。还真有这东西，网站上跳出了一条相关信息——是在生产厂家与用户设备器械经验数据库的不良反应报告里。

Event Date（事件时间） 04/13/2009

Event Type（事件类型） Injury（受伤） Patient Outcome（病者转归结果）Other（其他）；

Event Description（事件描述）

Intelligender（gpt）test exploded and caused chemical burns to my hands and arms. There is no MSDS to find out what chemical was used. No warning of explosion probability given. No chemical ingredient listed on the box. Dose or amount：1 box. Frequency：once. Dates of use：in 2009. Diagnosis or reason for use：pregnancy，gender prediction test.

（验胎灵试剂打破了，在我手臂上引起化学性灼伤。未见化学品安全说明书说明所使用的是什么化学物质，亦未给予有爆裂可能性的警告，盒子上亦无化学成分清单。用量或数量：1 盒/次；使用次数：1 次；使用日期：2009 年；用途：怀孕性别预测。）

原来是一个人在用这个玩意儿的时候不知怎的被灼伤了胳膊和手。这时候她（应该是她吧）才发现这包装和说明书上根本没说里面是啥成分。从这个描述可以看出，它差不多是个三无产品。

继续谷歌这个“神奇”的东西，居然发现绝大多数信息是中文的，仅有的几个英文信息（除了产品宣传网站外）来自一些孕婴论坛。一看不得了，这国外的准妈妈们科学素养就是高。比如有一位Dawnklasen女士通过动手做实验发现，她花了好多钱买的这玩意儿，居然是pH试纸！在另一个论坛上也发现一个帖子，前头有人问这东西，后头几个应和的姐妹表现出了足够的科学精神。第一位回答说，她找不到理论依据。第二位同样表示在这东西的网站上找不到理论支持，打算去咨询自己的助产士。第三位去搜了下别人发表的文章，发现这东西的错误率很高（最多50%嘛）。第四个看来是业内人士，揭发说这个公司已经吃了不少官司了。

这种玩意儿的宣传，往往会说自己通过检测孕妇尿中的激素水平来判断胎儿的性别。的确，不同性别的胎宝宝体内的各种性激素水平是不一样，但事实上呢，不可忽略一点：这个差异在孕妈妈的尿液中时，会被她自身性激素水平的波动所掩盖。因此，单单从理论上来说，这号称能提前揭晓胎儿性别的神物也是站不住脚的。

最后再提一句，生活中经常会碰到形形色色宣称有奇效的东西，当事人只要能够秉持着怀疑精神稍稍去质问、查证一下，效果就将大不同。有时候，了解皮毛的专业知识并不足以指导人们识破迷局，因为知识永远在更新，旧有的会被修正、推翻，骗子们甚至还会借“知识”的外壳来作恶。如何保护自己？真正起作用的永远是专业态度。遇到稀奇古怪、具有“神奇功效”的东西，遵循“出处”、“数据”、“实验”的要点，自己搜索一下，就能更好地辨别这些东西，保护自己了。

孕吐，这是为什么呢？

它是许多文学作品和影视剧中带有强烈暗示的符号。在很多时候，它是你意识到那个变革的第一件事，也是你需要接受的第一个现实。它可能会成为你对那九个月的最难忘的记忆，虽然不那么美好。

它，就是孕吐。

“孕吐”这个名字比它的俗名“晨吐”准确一点。首先，它可能发生在你清醒的任何时刻，而不只是早晨，大概早上伴随着美梦结束而袭来的不爽感觉更让人印象深刻吧。其次，它其实不一定吐，相当多的孕妇只是恶心，却从没吐过。在医学界，孕吐（nausea and vomiting of pregancy，NVP）就是怀孕期间的恶心和呕吐现象。它一般突然出现于妊娠第5或第6周，又在妊娠3个月后悄然消失。对于大多数孕妇，孕吐只会给她带来或多或少的困扰；而对不足1%的孕妇而言，情况要严重得多，会出现严重的呕吐，导致体重迅速下降和体内电解质失衡，以致要住院治疗。严重的孕吐，医学界称之为妊娠期剧烈呕吐（hyperemesis gravidarum，HG）。

美国康奈尔大学的孕吐专家保罗·舍曼（Paul W. Sherman）分析了大量有关该问题的文献后得出结论：孕吐现象上下几千年——公元前20世纪的古埃及人就在纸草上描述过这件事，纵横九万里——世界各地各种文化里都有此种现象，影响着约66%的孕期女性。

令人匪夷所思的是，有着如此广泛影响的一个现象，其发生原因至今仍是一个谜。迄今没有任何一种理论可以准确地给出解释。

弗洛伊德是最早尝试解释孕吐的人之一。不过他的理论显然太“弗洛伊德”了，弗老先生认为孕妇之所以恶心呕吐是出于潜意识里对丈夫的敌视和厌恶，希望从嘴巴里吐出那个“孽种”。

20世纪60年代，随着人们对免疫学认识的深入，一种新的观点诞生了，即孕吐是一种排异反应。所谓排异反应，也就是身体对非自身物质的排斥。持这种观点的科学家认为，胎儿对母体来说无疑是个异物，因为他携带了一半来自于另一个人的基因。然而，随后的研究并没有得到支持这个假说的进一步证据。孕期女性的免疫系统的确发生了巨大的变化，她的免疫力总体上是下降了很多，不过目的是减轻身体对胎儿的排斥。免疫力的降低同时也使得准妈咪陷入了危险的境地，这是后话。

后来，理查德·道金斯（Clinton Richard Dawkins）革命性地提出了“自私的基因”的概念，让整个进化生物学界为之颤动。在这股浪潮激荡的 20 世纪八九十年代，道金斯的支持者们尝试用这个概念解释一切。他们是这样理解孕吐的：男性传递给胎儿的自私基因意在让自己长得更大更壮，以赢在起跑线上，为此不惜牺牲母体的健康。于是胎儿让母体血压、血糖升高，于是有了常见的妊娠高血压和妊娠糖尿病。而母体自身的自私基因则不允许胎儿无法无天，于是产生了很多相应的机制来制衡胎儿。孕吐就是这种冲突的产物。这个说法目前仍基本上是假说。不过就在 2010 年 4 月 29 日出版的《英国医学杂志》（*BMJ*）上，一些挪威科学家发表了一篇能支持这一假说的文章。他们分析了 1967—2006 年间挪威 230 多万份出生记录和相应的医疗记录，经过比较发现，如果母亲怀孕期间出现妊娠期剧烈呕吐症状，女儿后来怀孕时也出现该症状的可能性是其他人的 3 倍左右。而且有趣的是，假如这个情况出自基因层面，那么男性在这一过程中看似未曾发挥作用。不过这篇论文的作者们也没有打包票，他们说不能排除这种情况是由相似的生活习惯，而非遗传因素造成的。

与这些不太靠谱的假说相比，激素波动假说有着相对较多的数据支持。女性一旦怀孕，体内的激素水平大变，比如雌激素和孕激素的量都成了平日的几百倍。与孕吐干系最大的莫过于人绒毛膜促性腺激素（hCG），这种激素最初产生于精卵结合后的第 7 天（市售的早早孕试纸检测的就是这种激素），在妊娠第 8～12 周达到高峰，妊娠中、后期又急剧下降至早期的1/10，分娩之后两天消失。这个波动曲线与孕吐的状况正好吻合。遗憾的是，激素波动与孕吐之间的神秘联系仍然没有完全被揭示，此类研究还需继续进行下去才会有更清晰的解释。

咱们暂且不管孕吐因何而来，单就这种现象出现得如此普遍而言，其存在也必须要有一个合理的解释。只有坏处而没有好处的事早就在漫长的进化之路上消失得无影无踪了。1940年，美国人艾尔文（F. C. Irving）在《弗吉尼亚医学月刊》（*Virginia Med. Monthly*）上撰文称，有孕吐现象的孕妇比那些不孕吐的孕妇在妊娠早期（早于妊娠20周）流产的概率更低。日后的研究的确证实了这一点。前文中提及的舍曼教授就是那个给出解释的人。他的观点是孕吐能让孕妇免于摄取那些可能会对胎儿和自己造成危害的食物。比如很多植物为了免于被虫子吃掉，会合成一些有毒的化学物质，植物中这些被称作次级代谢物（secondary compounds）的东西对人通常没有多少害处，人甚至很热衷于它们，比如咖啡因。但是，次级代谢物有可能对胎儿造成不利影响，导致畸胎或者流产。那些气味特别冲，或者味道特别重的植物往往含有较多的次级代谢物，也常常是最容易诱发孕吐的食物。另外的危险物质是肉类，其中的寄生虫和细菌对于免疫力低下的孕妇更加危险，同理，油腻也是诱发孕吐的重要因素，这说明她们对肉有所抵制。诚然，通过烹煮，肉类食物可以变得很安全，但是人类用火烹饪的历史不过一万多年，还不至于改变几百万年来形成的“老习惯”。更有趣的是，孕吐最严重的时候正好是胚胎发育最关键的时刻。等三个月过后，胎儿的身体已经成形，就不那么脆弱了，准妈咪也不必再遭受恶心的折磨。狗和猕猴是我们目前确切已知的能体会人类孕吐痛苦的动物朋友，它们跟人类的共同点莫过于无所不包的食谱。而那些饮食比较单一的动物，可能已经进化出更加有效的保护措施以防食物中的有害物质影响胚胎发育。

行文至此，那些没有任何孕吐症状的准妈咪可能要紧张了。其实大可不必被那些天书般的科研论文中言之凿凿的“统计学上有显著差异”唬住，有孕吐的准妈咪孕早期流产的概率虽然比没有孕吐的那一组下降了几乎一倍，也不过是相当于0.1和0.05的区别。而且只要注意孕期的饮食安全和卫生，也同样可以在不恶心、呕吐的情况下达到孕吐的同样效果。

“领导”怀孕后对我最大的不满，莫过于我在“胎教”这件事儿上疏于用心。每当入睡前“领导”抱着肚皮央求我给孩子讲故事的时候，我总是抄起正在读的书，对着肚皮读一章。这样的胎教有个显著的“辅作用”——在我读到第二页的时候，“领导”已经呼呼睡去。

《韩诗外传》里说，孟子的老妈对孟子进行了人类历史上最早的胎教：“吾怀妊是子，席不正不坐，割不正不食，胎教之也。”不过，世界上最早的胎教专著来自韩国，是1800年出版的《胎教新记》。韩国的胎教观受中国儒家思想的影响颇深，《胎教新记》里鼓吹的主要是准爸爸、准妈妈“莫生邪念”之类的礼教规范。其实，在漫长的人类历史中，除了妈妈与腹中胎儿那微妙的互动感，我们对怀胎十月之事知之甚少。真正让我们对胎儿的世界有所了解还有赖于超声波检查技术的进步。

有了B超，可以“看”到胎儿的一举一动，但是他们的感觉如何很难知晓。首先，胎儿不会描述自己的感觉。其次，大部分可以用于探测身体的仪器都无法用于胎儿。这就给我们了解胎儿的世界造成了很大的麻烦。

准妈妈肚皮里噪音多

相对来说，胎儿的声音世界是比较容易了解的。我们既可以把微型麦克风送进子宫，也可以找跟人类体形相近的动物来模拟，比如像法国科学家让-皮埃尔·勒卡尼埃那样找一只母羊。放置在子宫内的麦克风告诉我们，妈妈的肚子绝不是一个安静地带，子宫上面是风箱似的肺和对胎儿来说巨大无比的妈妈的心脏，子宫后面则是妈妈忙碌的消化道。20 世纪六七十年代的科学家们测到子宫内的噪音高达 72～96 分贝，这差不多相当于从北京四环街边到建筑工地的噪音水平。而后的科学家们用更小、更精确的探测器发现子宫内的噪音并没有之前测量的那么高，且不同位置噪音水平也不一样，大约为 28～65 分贝，相当于从两人交谈到繁忙街道的声音强度。由于不同频率的声波穿透肚皮的能力不同，高频更容易被肚皮吸收，所以，胎儿的声音世界比我们的更低沉。法国医生奎鲁做过实验，找一个人在孕妇肚皮一米以外的地方说话，用录音机录下孕妇子宫内麦克风收集到的声音，然后放给第三个人听，他大概只能听出其中百分之二三十的内容。

那宝贝儿们啥时候做好了去听世界的准备呢？妊娠第 28 天，胎儿的耳蜗已经开始发育；妊娠第 11 周，将来变成耳蜗里的听觉毛细胞开始出现；妊娠第 20 周，内耳的发育基本完成。

也就是说，起码在妊娠的前一半时间里，胎儿在理论上都不可能听到声音。

宝贝能听到莫扎特吗？

我们怎么才能知道胎儿听到声音了呢？ 科学家们目前还只能靠观察胎儿的反应来间接知道。 我们可以监测胎心，可以观察胎动。 1969 年，三名科学家给 11 名胎龄 28 周以上的孕妈妈放音乐，音乐的强度大约是 75 分贝。 音乐开始后 90 秒，胎儿的心率普遍提高了，平均每分钟提高了 5 次。 而声音并不是总能让胎儿兴奋的，前面提到过的勒卡尼埃和他的同事发现，35～39 周的胎儿对于 500 赫兹低频率的 105 分贝噪音、以 85 分贝播放的音乐、由男性和女性说话者以 90～95 分贝发出的声音等出现了很小但可靠的心率减缓反应。 胎动比胎心的变化更不靠谱。 用较大的（100 分贝以上）、单纯的噪音刺激胎宝宝，记录他们对此的反应，科学家通过 B 超发现，胎动的方式与声音之间没有什么明确的关系。

不过，喜欢跟胎宝宝讲悄悄话的准妈妈也不必沮丧。 研究人员发现，快瓜熟蒂落的胎宝宝似乎能区分妈妈和别人的语音。 至于传说中“听莫扎特能提高孩子智商”的说法，则与其他胎教手段一样没有经过科学的检验。

2000多年前的古埃及人已经很关注妊娠纹这个话题了，他们不仅描述了妊娠纹这种现象，更记载了当时最常用的防治妊娠纹的方法——涂抹乳香树(Boswellia Thurifera)的树脂。然而当今的科学家对这件事缺乏兴趣，与之有关的正经研究实在是太少了。这种“冷漠”从某种意义上是可以理解的，妊娠纹这种东西完全不会影响人的生理功能，又多生在身体的“隐秘部位”，我们实在不好意思称之为“病”。

科学家们在妊娠纹这个问题上有多么的失职，仅从一点就可以看出来，那就是迄今为止我们都不知道妊娠纹发生的原因。当然，它绝非是很多人想象的那样——肚皮撑撑撑撑裂了呗。目前我能找到的最早对这个问题展开系统研究的人是澳大利亚医生鲍德温（L. O. Poidevin)，他在1959年发表于著名的《柳叶刀》（*Lancet*）上的一篇论文指出，妊娠纹的生长与皮肤伸展没有直接关系。鲍德温同时认为，激素特别是肾上腺皮质激素在妊娠纹生长的过程中起了重要作用。这个理论看上去有一定的道理，因为肾上腺皮质激素能抑制皮肤中弹性纤维的生长，并且还能促使弹性纤维的分解，导致皮肤弹性下降。有些人大量使用含有类似于肾上腺皮质激素物质的药膏，或者内分泌失调导致体内皮质激素猛增，都会在体表产生类似妊娠纹的纹路，虽然他们并不会都变得很胖。另外，青春期的孩子身体迅速发育，体表上也有可能出现纹路，这同样跟孩子体内猛增的激素水平有关。而怀孕期间准妈妈体内的肾上腺皮质激素的确是增高了。

但这不能解释如下一个现象：虽然妊娠纹发生是很普遍的事儿，但根据不同的研究，也总有那么10％～50％的孕妇并不会被此困扰。这也不能解释为啥有的孕妇第一胎没有妊娠纹，第二次怀孕却惹纹上身。

要解开这些谜题，就需要做一番调查。不过实在是有点儿寒碜，与其他医学研究动辄几千上万个样本相比，妊娠纹研究所涉及的调查人数最多的还不足200人。好在尽管人数不多，已有的调查统计还是得出了一些非常有趣的结果。首先与大家预期相符的是，妊娠纹的发生同整个孕期增加的体重密切相关，长肉越多，越可能生纹；其次，妊娠纹的发生同孕妇的年龄密切相关，但结果让大多数人跌碎眼镜——孕妇越年轻，越可能长妊娠纹！原因？对不起，目前科学家对此的解释仍停留在假说阶段。

剩下的结论就不那么言之凿凿了。比如白种人比有色人种更可能长妊娠纹，再比如妊娠纹可能会有遗传倾向。由于统计样本数量太小，这些都还不那么确定。

啰嗦了这么多，孕妈妈们想必已经不耐烦了。是啊，到底该如何对付这可怕的花纹呢？抹油可能是各位的第一选择，什么橄榄油啦、杏仁油啦、可可脂啦。但遗憾的是，给出肯定答案的研究既少又老，最近的研究大多认为抹油或者其他外用保养品对于减少妊娠纹的发生没有什么效果。别太相信孕婴杂志里那些“成功案例”，毕竟有人就是不会长妊娠纹。运动呢？看上去也没什么效果——不许拿这个当借口就偷懒哦，毕竟运动的好处还是大大的。吃猪蹄？倒是有研究认为低蛋白饮食可能会增加发生妊娠纹的可能，从这方面说吃点儿猪蹄增加蛋白质的摄入是件好事，不过要说吃胶原蛋白补胶原蛋白那就纯属胡诌了，因为不管什么蛋白质进到肚子里也会被打碎成一堆没有个性的氨基酸。

难道就看不到希望了么？整形医学界倒是做了不少努力来消除已经产生的妊娠纹，什么疤痕切削术啦、射频脉冲染料激光啦。听上去挺吓人，效果倒还不错。比如 2007 年，整容强国韩国的一些科学家就发现射频脉冲染料激光技术治疗妊娠纹效果不错，89.2%的患者对总体改观感到“满意和非常满意”。

1946 年，法国人路易斯·雷亚尔发明了现代比基尼泳衣。1959 年 6 月，澳大利亚医生鲍德温的“划时代”论文《妊娠纹的组织病理学》（*Histopathology of Striae Gravidarum*）在《柳叶刀》杂志上发表，揭开了现代妊娠纹问题研究的序幕。

同年7月，历史悠久的八卦报纸《纽约邮报》（*New York Post*）专门派记者在纽约市周边搜寻比基尼女郎，结果只找到两个。我们不得不佩服鲍德温医生敏锐的时尚嗅觉和准确的潮流预判。

不过我还是觉得，总有一天，丝绸般的妊娠纹也会成为时尚，还有什么比成为一名母亲更酷呢？

“领导”怀孕后，我们第一次跟B超打交道并不是在妇产科，而是在牙科。妊娠第5周时，我连哄带骗地把患有牙医恐惧症的“领导”拉去洗牙，结果被牙医告知洗牙机产生的超声可能对胎儿有害，当时“领导”一脸的劫后余生。后来在产科做了B超，乐呵呵地拿着孩子的第一张照片给准姥姥看，她老人家一个冷脸：“照坏了孩子可咋办！”

这迫使我走上了从头到尾了解B超的道路。

B超之前有“A超”

在过去半个多世纪里，超声检查逐渐成为最常见的检查方法，与X射线检查相比，它几乎没有副作用；与核磁共振相比，它费用更加低廉。20世纪50年代末，超声检查被用于产科。在此之前，产科大夫通常只能靠听诊和触诊了解胎儿在子宫中的情况，而超声波为他们打开了一扇窗。

最初用于检查的超声仪器叫做“A超”，也就是幅度调制(amplitude modulation)超声诊断仪。这种仪器只能探测一条线的状况，并且反映给医生的是类似心电图那样的波形，非常不直观。后来出现的B超，也就是辉度调制型（brightness modulation）超声诊断仪，就直观多了。它把超声回波的强弱用光点的亮度体现出来，并且可以一扫一大片，形成一幅二维图像。把若干幅二维图像叠加在一起就是三维B超。有了B超，人们第一次在不打扰胎儿的情况下看到了人类的“生前史”。到20世纪80年代，B超已经是相当普及的产前诊断方法，它可以帮助医生提早发现各种妊娠期问题，极大地缩小了不良妊娠发生的比例。在英国、丹麦、挪威和澳大利亚，孕妇会被要求进行起码1次的产前超声检查，德国则要求2次，在法国90%的产科医生对孕妇的每次妊娠实行2～3次的超声检查，在希腊通常进行3次。中国的产科医生一般也会安排孕妇做3次超声检查。

能量其实相对较小

如此大规模地做产前B超检查，不免让人有些担心：这种检查真的安全吗？关于这个问题，还是有比较确定的回答的。首先，相比超声治疗，诊断中超声波的能量要小得多。用于碎石治疗的超声波，能量密度一般要达到2瓦/平方厘米。而按照美国疾病预防与控制中心（CDC）的规定，普通妇产科超声检查的强度不会超过0.094瓦/平方厘米，作用时间也要短得多。其次，胎儿体内极少含有气体，因此并不会产生超声波洗牙时的那种“空化效应”。所谓“空化效应”，简单说来，就是超声波会激发液体里的小气泡迅速膨胀破裂继而再次产生，这些小气泡破裂时，可以产生几千摄氏度甚至更高的温度和巨大的压强。

大量的调查显示，产前超声检查并不会对胎儿和孕妇造成显著的影响。在2005年发表的一篇论文中，瑞典科学家赫勒·科勒（Helle Kieler）就“生前接受超声检查是否影响儿童智力”的问题，对超过20万名儿童进行了智力评分测试，结果两者的差别无统计学意义。有趣的是，在2002年发表的论文中，科勒还发现，如果妊娠前3个月接受过超声检查，那么出生的男孩中左撇子比例稍高。还有很多传说认为，产前做过超声检查的孩子日后会发育迟缓，尤其是语言发育。对此，澳大利亚科学家约翰·纽汉（John P. Newnham）对2834名妇女进行随机对照实验，其中一半只在妊娠18周做过一次超声检查，而另一半在38周时又做过一次超声检查，结果显示：后者的胎儿在子宫中发育略迟缓于前者的胎儿，但出生后两者并无区别；在这批儿童8岁时又对他们进行随访，发现包括语言在内的各方面状况并没有区别。

不过，很多超声专家也提醒人们，与过去相比，现在孕妇接受超声检查的机会明显增加了，并且随着人们对超声检查精确度要求的不断提高，现在产科超声检查的能量是十几年前的8倍之多。而所谓的“三维”、“四维”B超，能量比普通二维超声更高。有些诊疗机构还提供为胎儿照相甚至录像的有偿服务，这更增加了胎儿暴露在超声中的时间。美国疾病预防与控制中心（CDC）早在2004年就禁止了一切非医学目的的胎儿超声检查。该中心的专家认为，虽然目前没有超声检查有害胎儿健康的证据，但尽量减少胎儿的超声暴露还是必要的。

至于孕妇可不可以洗牙，实际上，《美国牙科协会杂志》（*The Journal of the American Dental Association*）在2008年6月刊上的一篇论文显示，妊娠13～21周的孕妇做所有常见的牙科治疗都是安全的。美国牙科协会还提醒孕妇，怀孕期间对口腔卫生的注意要更甚于平常，因为母亲口腔感染对胎儿来说也是一个危险因素。这个风险比超声大得多，而且更确切。

要孩子还是要宠物？ 这是很多年轻城市女性曾经、正在或者将要面临的问题。 问题的核心则是一种名为弓形虫的寄生虫。 很多准妈咪都被告知，她们的宠物很危险，因为会传播弓形虫。

广泛存在的弓形虫

我们经常提及的弓形虫大名叫做刚地弓形虫（toxoplasma gondii），是一种单细胞的原虫，从某种意义上说，它几乎是地球上最成功的单细胞动物。 然而，同它大名鼎鼎的亲戚——疟原虫相比，这种虫子走进人类的视野是很晚近的事。 1908 年，法国两位学者在北非的刚地梳趾鼠(ctenodactylus gondii)体内发现了它。 在其后 100 多年里，随着科学研究的不断深入，人们逐渐发现弓形虫的不凡之处。 它能感染几乎所有的恒温动物，大约 50%的猪牛羊鸡鸭鹅、60%的鼠类和野鸟、70%的猫都是它的活动旅馆。 人类也没有“免俗”，22%的英国人、22.5%的 12 岁以上美国人、67%的巴西人、80%的荷兰人和德国人、

88%的法国人都曾经感染过弓形虫。根据不同的研究，中国人的弓形虫感染率在全世界处于较低的水平，大约是5%～20%。即便如此，我们身边的“弓形虫病病人”仍然是一个相当庞大的群体。同时，我们又似乎并没有感受到这一点，这是因为弓形虫感染很少会造成严重的后果。对于免疫功能良好的人群，第一次接触到弓形虫顶多会导致轻微的类似流感的症状，比如疲劳、肌肉酸痛、发低烧或者是淋巴结肿大，用不了多久这些症状也会消失。不过，对于那些免疫力十分低下的人，比如艾滋病患者和正在服用抗排异药物的器官移植病人，弓形虫则可能是致命的。英国电影《猜火车》里，一个因吸毒感染了艾滋病的小伙子就死于弓形虫。

弓形虫可以穿过胎盘屏障，由母亲传播给胎儿。一旦出现这种情况，对胎儿健康会造成不小的风险。研究表明，妊娠13、26、36周首次感染弓形虫的孕妇，胎儿感染率分别为6%、40%、72%，症状发生率分别为61%、25%、9%。所谓的症状包括流产、神经系统发育不良、脑积水和致盲。注意，这里特别提到了首次感染，也就是说，这种风险仅存在于妊娠期间第一次被弓形虫感染的女性中。综合国内诸多文献的数据，孕期女性首次感染弓形虫的概率远低于1%。

除了前面提到的母婴传播以及极其罕见的通过输血和器官移植传播之外，它们主要是“虫从口入”。要么是接触被猫粪便污染的食物、器具和饮用水，要么是吃了没熟的肉类。之所以特别提到猫，是因为在弓形虫复杂的生活史中，只有猫科动物能成为弓形虫的“终宿主”。换句话说，虽然弓形虫并不“挑剔”，但是它在其他动物体内只能进行无性繁殖，不能向外界散播它的后代。

看来，猫的确是“危险分子”。不过研究发现，只有首次感染弓形虫的猫才会在感染最初2周内传播虫卵，且猫粪中的卵囊要“孵化”一天才具有传染性。如此算来，准妈咪养到一只刚好具有危险性的猫的概率非常低。

与养猫相比，食用不熟的肉类更危险。英国曼彻斯特理工大学的分子生物学家分析了来自英国各地肉店里的71份肉样品，结果发现：38%被弓形虫感染了。中国还没见到有类似的调查，相信结果也不太令人乐观。那些热衷于吃涮肉和带血牛排的女读者们可要注意了，为了安全，还是暂时牺牲一下舌头吧。

影响性格的弓形虫

2000年，牛津大学的3名科学家报道说，感染了弓形虫的老鼠非但不怕猫，反而主动往有猫尿痕迹的地方凑。当然，结果就是，感染了弓形虫的老鼠更容易变成猫儿的美餐。如果从弓形虫的角度来看，这是再美妙不过的过程，因为只有在猫体内，弓形虫才能走完整个生活史。这样一来，老鼠就变成了运输弓形虫的工具。至于为什么会这样，科学家们还是一头雾水，推测是弓形虫影响了老鼠大脑的某些结构，让老鼠们变得“勇者无畏”了。

这不禁让人思考，感染了弓形虫的人是不是也会有点儿不一样呢？事实上，罕见的急性弓形虫感染的病人，往往会出现幻视、幻听和意识模糊，甚至会被当成精神分裂症来治疗。同时，那些精神分裂症患者中感染弓形虫的比例比普通人高。即便是在普通人群中，弓形虫似乎也与一些所谓的“气质”有点关联。捷克查尔斯大学的亚罗斯拉夫·弗莱格（Jaroslav Flegr）总结说，养猫的女人更勤奋，养猫的男人却更小心眼、爱嫉妒。这背后可能都是弓形虫在作怪。

弗莱格的另一项研究结果更出人意料。在发表于2007年德国《自然科学》（*Naturwissenschaften*）期刊的一篇文章中，弗莱格和同事指出，最近感染过弓形虫的女性怀孕生男孩的概率高达0.608，而平均概率才0.51。如果这个结果能经得起更多研究的考验，这将是第一种简便易行的生男方法——如果你不担心由此可能造成问题的话。

在医学领域，弓形虫被称做条件致病的人畜共患微生物。人畜共患病，听上去好像挺吓人的，事实上这只是人类面临的各种传染病威胁中很小的部分。更多的危险来自于那些能在人与人之间传播的疾病，包括极其常见的流感，都可能会对胎儿造成相当大的影响。

你家宝宝吃什么？

云无心

导 读

很多年前，有位做了爸爸的朋友说：当你们做了父母，关心的事情就完全不同了。几年之后，大家都陆续做了父母。每当见面聚会，果不其然，孩子成了永远的中心话题。

我不知道世界上有没有哪个地方的人比中国人在孩子身上倾注更多。从怀孕开始，到孩子出生，到坐月子，到孩子成长，耳畔总是传来长辈的谆谆教诲——“不能这样”、“不能那样”……而现代的“母婴专家”和商人们也不停地轰炸——“要这样”、“要那样”……有一位朋友给他几个月的孩子吃“高档”的鱼油、钙片、益生菌之类，我忍不住开玩笑：“跟你相比，我们简直是后爹后妈啊。”他说：“我们这已经喂得很少了，现在的孩子那么金贵，别的父母都买，我们不买总觉得对不起孩子，在别的父母面前也抬不起头来。”

作为一个从事科学工作的人，面对这些和孩子有关的问题，我会问“为什么不能这样”、“为什么需要那样”。然而，得到的回答往往是“古人传下来的经验就是这样”或者“别人都这样”。于是，当我发现外国人没有遵从我们的那些经验或者禁忌，也照样健康成长的时候，就经常对这些“前人的经验”与“别人都这样”的理论深为怀疑。偶尔表示出困惑，听到最多的解释就是“中国人的体质跟外国人不一样”。再后来，又发现海外的中国留学生们，大多数也自愿或者不自愿地“入乡随俗”，采取了西方人的方式。我想，人们是不是又要以“水土不同”来解释了？

无意去探讨那些做法是“好”还是“不好”——无论如何，孩子们都会长大。在我看来，所谓的“育儿科学”，只是让孩子们成长得健康一些、快乐一些。或者更重要的，减少父母们不必要的精力与经济消耗，把它们花在对孩子更有价值的地方。如果要评选对当代中国人最有影响的口号，“不让孩子输在起跑线上”大概能排进前列。为了这句口号，许许多多父母甚至成了传说中的“孩奴”。但其实，我想追问的是：家长们认为让孩子“不输在起跑线上”的那些东西，真的是他们的成长需要的吗？

我不是幼儿教育的专业人士，只是一个受了现代科学教育、习惯于用现代科学的实证方式来看待生活的人。所以，这些文章，并非想要指导读者们“你的孩子需要这样养”，而只是记录下为人父母过程中学到的知识和一些感悟。我试图介绍的，是“基于科学证据”指出的孩子们的需求，而不是“商人们说的”孩子们需要什么。

希望“孩子没有输在起跑线上”，更没有“累倒在起跑线上”。还有同样重要的一点——父母们也没有累倒在孩子们前进的路上。

中国有“保胎”的传统，民间流传着五花八门的“保胎秘方”。在其中，吃燕窝或许算得上是众望所归的一种。每当娱乐媒体八卦女明星怀孕，就经常提到她们在吃燕窝“保胎”。那么，燕窝，真的能“保胎”吗?

在现代医学上，“保胎”的意思就是防止自然流产。据统计，绝大多数的自然流产发生在怀孕的前13周。从生理学上说，人为什么会自然流产还不是完全清楚。大多数情况下，自然流产跟胎儿的染色体异常有关。染色体是遗传物质的载体，染色体异常意味着胎儿有基因方面的缺陷。这种缺陷一旦发生，是不可能通过母亲吃什么东西来改变的。换句话说，对于染色体异常造成的自然流产，目前还没有什么有效的措施来解决，吃燕窝自然也没用。

其他跟自然流产有关的常见因素还有激素、感染、吸烟、药物反应、过度饮用咖啡、辐射、接触有毒物质等。产妇高龄和遭受巨大心理创伤也会增加自然流产的风险。这些因素具体如何增加流产风险尚不清楚。不过，吃燕窝不会减轻这些因素的影响，也就无法对这些因素导致的流产产生“保胎”作用。

母亲的营养不良也会增加流产的风险，很多人便是把燕窝当做“营养圣品”来服用。且不说吃得起燕窝的人根本就不可能“营养不良”，从营养学的角度来说，燕窝实在是乏善可陈。人们能从燕窝中找到的任何营养成分，都可以通过其他普通食品获得，甚至更为优质。比如蛋白质，燕窝就不如鸡蛋、牛奶“优质”。当然，相信燕窝有“超级营养”的人，总是愿意相信其中含有现代科学没有发现的“神奇成分”。

孕育一个新的生命，对于年轻父母们来说，无疑是人生中的一件大事。我们往往愿意为了他们的顺利诞生做任何“可能有用”的事情。不过，燕窝，仅仅是用金钱换取一点心理安慰而已。跳出来想一想，如果明白燕窝没有什么“保胎”的作用，可以把钱用在对孩子更有意义的地方，这样获得的心理上的满足感，跟吃燕窝带来的心理安慰具有同样的“保胎”作用。

按照现代科学的建议，孕妇为了“保胎”可以注意的地方有：避免对抗性的运动，但保持适量常规的身体活动；均衡健康的饮食；保持愉快的心情；保持合理的体重；补充叶酸；避免烟酒；服用任何药物之前咨询医生；等等。

到朋友家玩，她的女儿正蹒跚学步，不小心摔倒了，抬头看着朋友。

朋友说："没事儿，没事儿，起来吧。"甚至没有起身去扶的意思。

孩子挣扎着站起来，继续摇摇晃晃朝前走。朋友的解释是："小孩子重心低，摔了也摔不疼，要是大惊失色地跑去抱她的话，反倒可能让她觉得很严重——孩子摔倒了哭，多数时候不是疼，而是被父母吓的。"

第一次看到影视剧中"有人害怕打雷"的情节时，我很惊奇，甚至有点难以理解：我们小时候生活在乡间，看到雷鸣电闪还有一些兴奋呢。

渐渐地又发现，影视剧中，被渲染成"害怕打雷"的孩子往往生活在"万千宠爱在一身"的环境，于是生了怀疑：对雷电的害怕会不会主要是被大人们强化而成的？要知道，在农村长大的我们，第一次见到雷电时，往往不会有长辈过来搂抱，于是，一次又一次的刺激过后，对响雷先天的恐惧便淡化了。

一岁多的女儿飘飘成了我的实验对象。有一天，飘飘妈不在家，外面突然开始打雷下雨，我获得了宝贵的实验机会。

第一声雷响的时候，飘飘被吓了一跳，我说："没关系，这是打雷，飘飘不怕，不怕。来，来，来，看看，打雷是这样的，轰隆隆……轰隆隆……"听到我的"雷声"，飘飘开始大笑。

再往后，每当有雷声传来，我就说"听，听，打雷喽，轰隆隆……轰隆隆……"，飘飘就接着乐。

我顺势逗她："来，飘飘也打个雷吧！"她便"轰隆隆……轰隆隆……"。

我们还热衷这样的游戏："打个雷吓唬妈妈吧"，飘飘就"轰隆隆"，妈妈配合地做出害怕的样子，飘飘哈哈大笑。

有一天在路上，空中有雷声传来。飘飘问："这是什么声音呀？"

我答："这是天上在打雷啊。飘飘也会的呀，来，飘飘打个雷吧。"

她又开始"轰隆隆"。

可惜的是，我们住的城市并不经常打雷，关于她到底怕不怕打雷，我没有太多机会验证。

但代号为"车库门的声音"的实验尝试得很成功。

每次开关车库门，都会发出"咯吱咯吱"、不怎么让人愉悦的声音。第一次听见，飘飘吓得跑过来："要抱。"

我说:“别怕,那是开车库门的声音而已。”我抱着她又去摁开关,门再次启动,她还是吓了一跳,不过看得出,已经不像第一次那么严重了。

接着,我又让她自己摁开关。车库门开了,当她发现那“咯吱”的声音是由自己摁开关产生的,开始有点兴奋,饶有趣味地玩了好几次。后来,每当有事出门,飘飘经常主动要求:“抱我去开车库门……”

说回前面那个“摔倒了自己爬起来”的问题。这一点,我和飘飘妈达成了共识:让她自己爬起来。

自从飘飘学会走路后,不管在哪儿摔倒,她都不会望向我们求援,而是自己爬起来。

前段时间,在幼儿体育馆玩耍的时候,飘飘不小心从平衡木上掉了下来。也许是第一次从那么高的位置摔下来,趴在地上的时候,飘飘抬起头看着我,一脸“好犹豫、是不是要哭一下”的表情。

我坚持说:“起来吧,没关系的。下次小心点,就不会摔下来了。”于是,她自己爬了起来,过了一会儿,又爬上了平衡木,嘴里还念念有词:“飘飘小心点……就不会掉下来了……”

其实,生活中有许多令我们恐惧的东西,可能本身并没有多么可怕。只是我们从小被告知“那东西很可怕”,说得多了,也就生了怕。

现在,“早教”越来越成为一种时尚。但我的想法是:如果“早教”只是给她创造一个温室般的环境，往她的大脑里塞进汉字、古诗或英文之类的“文化知识”，我宁愿做一个“不负责任”的另类爸爸——把孩子暴露于她所能够应付的“危险”之中，让她逐渐认识身边这个真切的世界。

来自认知神经领域的解读（松鼠量子熊猫）

有一项小阿尔伯特的实验——那是一个20世纪初的研究，用今天的眼光看，既不规范，也违背了科学研究伦理，但对于我们理解人类行为有着很好的启发意义。

小阿尔伯特是一个普通婴儿，一开始，他对毛绒动物没有任何恐惧感，还会和动物玩儿。但是，和其他婴儿一样，他会被巨响吓哭。实验者每次在他接触毛绒动物，如小白鼠或者小兔子时，就突然发出巨响，小阿尔伯特自然就哭起来，感到非常害怕。一段时间以后，他的恐惧行为和毛绒动物产生了“连结”，只要看到毛绒动物，就会大哭。

仅就现有的例证，行为主义者提出：我们对某种事物的恐惧等情绪反应，归根结底是形成刺激反应的连结，而各种复杂的情绪和行为，都可以用这种“连结”解释。

后来，这种将复杂行为看做刺激反应连结的思想受到了越来越多的攻讦，站不住脚了。但，其中一些基本原理仍然可靠。一个例子是，在戒除成瘾行为的治疗中，可以采取将成瘾物和令人厌恶的刺激（如令人作呕的味道）同时呈现的方式。一段时间后，成瘾行为就会与恶心连结,从而降低这种行为发生的概率。而想要矫正一些不良行为,如恐惧,也可以将产生恐惧的刺激和不可怕的事物反复呈现,参与者可以感到恐惧减轻。如上文中所描述的,云无心用各种舒缓的刺激,比如微笑、家长平静的语调、有趣的情景等,使之与新异刺激产生连结,使飘飘能够有良好的情绪反应。

要不要捐献脐血?

等待二女儿飞飞出生的时候，护士拿来了一摞“捐献脐带血”的表格。于是，“脐带血保存”这个事情再次进入我的大脑。

几年前飘飘出生，有国内的朋友问我：“脐带血保存了没有？”按照他的说法，现在到处宣传保存脐带血的重要性，要是不为孩子购买这份“生命保险”，总觉得自己不负责任，甚至多少有点负罪感。朋友是个工薪族，保存脐带血的那笔费用虽然可以承受，但也不算轻松。但比起费用，他更关心的是：这个东西有多大用处？保存的可靠性有多高？我回答说：“听说过这事儿，不过产科医生和儿科医生都没有提过建议保存，我随便看了一下介绍，也觉得没什么必要，就没有保存。至于可靠性倒不是问题，从技术上说，长期保存血液难度并不大。”

但是这次又碰到这个问题，我于是问那位护士那些表格是干吗的。她说，是脐带血库收集脐带血用的。跟献血一样，如果愿意就填表，孩子出生之后产科医生就把脐带血收集起来交给血库，这些血将来会被提供给公众或者科研机构使用。如果不愿意，就不用管了，医生会把脐带直接扔掉。

作为两个在生物医学领域边缘混迹的“科学人士”，孩子的妈妈和我对于建立这样的公用脐带血库是完全支持的，于是填了那一堆表格。

但我感到好奇，为什么美国的医生根本不向我们推荐“为自己的孩子保存脐带血”？ 在飞飞出生之后，我忍不住探究了一下个中原因。

干细胞移植是现代医学中一个极其热门的话题。 对于许多血液和遗传方面的疾病，干细胞移植可能是救命的手段。 而本来要丢弃的脐带血中含有相当多的造血干细胞，又不存在配型的问题，因此被视作婴儿出生时宝贵的“副产物”（来自他人的干细胞存在“配型失败”的风险，一个人与兄弟姐妹配型成功的可能性是25%，而与其他人配型成功的可能性就更低了）。

“自己的脐带血永远不会配型失败，保存自己的脐带血，以备将来的万一。”这成了保存脐带血的“理论基础”，也成了许多商业性保存机构的宣传用语。

不过，美国儿科学会不推荐自己保存脐带血。 他们认为，“保存脐带血”的营销方式主要是在利用孩子出生时父母脆弱的感情，却在其中隐瞒了许多事实。 在美国儿科学会的公告中，专家明确指出：使用自身干细胞来治疗疾病目前还主要是一种设想，而不是现实。

虽然理论上说是可能的，一些实验也显示这样的疗法将来可能成为现实，但真正的问题在于：这个“将来”有多远？那些存血机构经常宣称这种治疗技术近在咫尺，科学家们却没有这么乐观。

另外，脐带血的数量是有限的，通常只有几十毫升。这几十毫升脐带血中包含的干细胞数目，只够针对儿童的移植。这意味着，这份保险要发挥功用，只能在一个有效期内，而这有效期并没有商业宣传中形容的那么长。

虽然将来的医学发展有可能减少对脐带血量的需求，但这同样只是一种还没有科学进展支撑的“希望”。最重要的是，目前没有科学数据支持“使用自己的脐带血是有效的”。

商业机构的宣传，着眼点仅是“自己的脐带血没有配型的风险”，却避开了另一个问题：如果疾病来自于遗传因素——这在血液病中很常见（比如白血病）——那么自己的脐带血干细胞也会携带同样的基因，因此并不能真正解决问题。从逻辑上看，科学家们将来或许能够解决这个问题，但是，商业机构把“可能”渲染成了“现实”。

基于生物医学发展的现状，世界骨髓捐献协会（WMDA）、美国儿科学会（AAP）以及欧盟都不鼓励普通人保存脐带血以作“生命保险”。这些机构认为，只有当一个孩子具有血液或者遗传方面的缺陷，保存相同父母的其他孩子的脐带血才被认为有现实意义。

有了美国儿科学会的明确态度，就不难理解为什么美国医生们不为商业存血机构做推销了。在美国，如果医生不顾科学事实和儿科学会的公告，为商业存血机构做了推销，会被当做违反了职业规范。如果这医生还从存血机构获得了某种利益，那么问题就更加严重。

不管是飘飘还是飞飞，从孕育到出生的10个月中，作为父母的我们都没有收到过有关保存脐带血的宣传。

即使是捐给公共的脐带血库，医院也没有做任何有倾向性的介绍，只是很轻描淡写地通知了有这么一回事而已。那捐献对个人有没有任何好处？只有一张血库发来的明信片而已。医生和医院也得不到什么利益——血库会为取血的医生提供一点劳务费，不过据说多数医生放弃了，而把取血的劳动作为一种公益。

事实上，现在世界上有很多脐带血干细胞移植治疗成功的报道，但是这些干细胞，并不是来自自己的脐带血。

这就要说回来了：我为什么要捐献脐带血？

因为我知道，建立公用脐带血库的意义在于，让社会上多数的脐带血都进入公用的“脐带血库”。虽然不相关的人配型成功的概率很低，但只要可选的样本量很大，依然存在配型成功的很大可能性。

可惜的是，当国外义务捐脐带血成为公益行动时，我们国内还是停留在“为自己留下希望”这种虚虚实实的宣传之中。

来自另一位遗传学博士新妈松鼠 Denovo 的连线

比起骨髓造血干细胞来说，脐带血造血干细胞移植最大的优势在于：比较不容易产生排异反应，这是因为脐带血尚未进行免疫分化，因此不容易造成宿主免疫系统的排斥。即使是异体移植，如果配型成功，病人成活概率也较高。目前，西方的公共脐带血库远远大过中国的，这意味着西方人寻找配型将更容易些。

而对于自体移植来说，最大的问题是两点，云无心在文中都有提及：

(1) 倘若是遗传因素导致的疾病，自身干细胞将无法治疗，因为干细胞中也存在同样的遗传因素。

(2) 脐带血干细胞数量稀少，单份脐带血移植供给成人远远不足。

以我家“小松鼠”的脐带血为例。收集到的血量一共是 49.72 毫升，其中带核细胞数为 2.99×10^8，即近 3 亿个。

这个数目看似很高，但成功进行脐带血移植的最低要求是，受体（即病人）每千克体重需要 3000 万带核细胞，越多越好。一位成年人（以体重为 70 千克计算），要成功进行脐带血移植，就需要 20 亿带核细胞，脐带血中的带核细胞远远不够。

现在，“脐带血干细胞扩增技术”（通俗地说，不断复制脐带血干细胞，以大量增加数目，用于成体移植）是一个热门研究领域。其难点在于，干细胞在增殖过程中很容易产生分化，从而失去其部分多能性(pluripotency),不能分化为所有的血液细胞,也就无法治疗疾病。而且,现在扩增出的干细胞主要还是靠表型测定来定量,但我们并不十分清楚,同样表型的扩增干细胞是否仍然具有原初干细胞同样的分化能力。有一些研究表明,扩增干细胞要达到同样的效果(例如在治疗白血病时,要在一个月之内产生多少白细胞),需要的量比原初干细胞要高,也就是说,扩增干细胞中的确已经有部分失去其多能性。

另外,公共脐带血库收取血样的标准(主要是在血量和干细胞数目上)比商业机构高很多,也就是说,即使是签署了捐献协议的父母,孩子的脐带血经过严格的质量检查后也未必能够进入血库,而商业机构为了满足家长,即使细胞数目较低也会进行保存。

不过,在新加坡,只要签署了捐献协议,不论脐带血是否能够进入血库,将来都有优先搜索使用公共血库的权利。

虽然我叽叽歪歪了这么多,貌似保存脐带血只有千万分之一的意义,但是,在“小松鼠”爸爸的要求下,我们还是为她保存了脐带血。用她爸的话来说:万一将来扩增成功呢?万一可能用到呢?我不想冒哪怕千万分之一的后悔的风险。

一些即将为人父母的朋友向我咨询双酚A（bisphenol-A，BPA）的问题。因为一些新闻报道，关于它的安全性的争议让年轻父母们忧心忡忡。那么，双酚A究竟意味着什么呢？

双酚A是一种化工原料，在工业上用来合成聚碳酸酯和环氧树脂等材料。聚碳酸酯（polycarbonate，PC）是一种透明的硬塑料，常用于制造婴儿奶瓶的瓶体；环氧树脂则常被用做金属容器（比如婴儿奶粉罐）的衬里。这些塑料与食品直接接触，其安全性自然会引起关注。在美国，双酚A就是被当做一种食品添加剂来管理的——不是说它会被加到食品中，而是考虑到它在容器中可能存在扩散现象。

传统上，一种食品添加剂的安全性检验是用大剂量的该种物质喂养实验动物，找出动物没有不良反应的最大剂量，然后除以一个安全系数（通常是100），作为对人的“安全剂量”。另外，还要评估这种物质在正常使用情况下人体可能的摄入量。如果人类在通常情况下的最大摄入量远低于“安全剂量”，就认为这种物质的使用是安全的。

按照这种检验方式，双酚 A 在奶瓶、奶粉罐中的使用得到了通行证。从 20 世纪 60 年代开始，它一直被广泛使用。直到 2008 年，各个国家和国际组织——包括对食品安全非常保守的欧盟，都采用这一结论。

一般来说，这种安全验证方式相当可靠。但学术界一直在寻找更加精细的方法，评估那些传统方式不能发现的、慢性的、细微的毒性。其做法主要是让动物长期摄入低剂量的“嫌疑物质”，然后检测动物身体的某些以前无法检测的生理指标。近几年，通过这样的新检测方式，科学家发现长期低剂量的双酚 A 摄入也能造成实验动物某些生理指标的“不利变化”。这样的“低剂量”与人体可能摄入双酚 A 的最大量相当。据此，不少科学家对双酚 A 的安全性提出了质疑。

美国相关机构最早对这些研究进行了汇总审查，认为虽然目前没有直接证据表明双酚 A 会对婴幼儿的健康造成损害，但潜在风险不容忽视，因此双酚 A 得到了“一定关注”的评级。根据这一结论，美国食品和药品管理局认为有必要对双酚 A 的安全性进行进一步的深入研究。在有进一步的结论之前，美国食品和药品管理局未禁止它的使用，而是“采取行动减少它在食品中的使用”，其措施包括：支持厂家停止生产含有双酚 A 的奶瓶与杯子；协助开发奶粉罐衬里的替代材料；支持在其他食品容器的衬里材料中取代双酚 A 的努力。此外，美国食品和药品管理局支持对双酚 A 的使用进行更加积极有效的管理以及对它进行更深入的科学研究。不过，美国食品和药品管理局并不推荐父母们改变配方奶或者其他婴儿食品的使用。他们认为，在母乳缺乏的情况下，只有配方奶能够提供稳定均衡的营养——虽然婴儿配方奶容器可能含有双酚 A，但是配方奶的好处仍然超过了双酚 A 可能带来的潜在风险。

双酚 A 的安全性疑虑实际上并没有直接证据的支持。但对于食品安全，尤其是婴幼儿的食品安全，我们需要采取更加保守的态度。对双酚 A 的处理方式，就是这样一种“谨慎”的体现。在关于双酚 A 的最新的安全性审查发表之后，许多国家纷纷采取了慎重对待的态度，如加拿大就禁止了双酚 A 的使用。欧盟 2008 年发布的双酚 A 安全报告也受到了质疑，他们因此开始进行新的审查。世界卫生组织也对此表达了相当的关注，开始重新审查双酚 A 对于食品安全的影响。

爱睡宝宝缺铁记

家里的宝贝飘飘一直能吃能睡。在婴儿班的时候每天上午、下午各睡一觉，自然就没有问题；到了幼儿班后，每天只在中午睡一觉，但是到了十点多十一点就开始犯困。

老师说是睡得太晚的原因，后来狠心进行了有点“残忍”的训练，在连续三天都是哭累了睡去之后，终于可以在九点之前睡着了。但是问题依然没有解决，飘飘还是到了十一点多就困得不行。学校的规定是十二点半才能睡，结果导致睡觉之前的一个小时她情绪极度低迷，下午醒来之后也不高兴。老师说，别的孩子经过一两周的调整，都能够适应新的作息时间，按照飘飘晚上睡觉的时间应该也没有问题，不知她为何会如此。

有一天，学校的 director（大致相当于我们的教导主任那一类）说，可能是缺铁，而缺铁的症状之一就是嗜睡，建议我们去查一下。

婴儿在哺乳期吃母乳或者配方奶都不会缺铁；在转向普通牛奶之后，铁含量不足，容易出现缺铁。缺铁的症状之一的确是精神不振、嗜睡。断奶后的幼儿、女性尤其是孕妇是最容易缺铁的人群。但是这丫头胃口从来都好，食量一直比同龄孩子大。她在家里喜欢吃的那些东西，牛肉、火鸡、婴儿米粉、豆腐、大豆，含铁都不少。在学校里吃的东西，是按教科书上的食谱做的，好不好吃另说，营养均衡应该是没问题的。虽然说这个年龄的孩子容易缺铁，要缺到她身上也实在很难。如果爱睡真是缺铁引起的，那么一定是吸收出了问题，补铁也不一定有用。而且，铁的中毒量也就是需求量的几倍，随便补铁实在是有点危险。于是，我们决定去见儿科医生。

见了医生，说了最近的情况，表示想做血检看看是不是缺铁。医生说上次感冒的时候验过血液的各项指标，印象中没有什么问题，又叫秘书拿来上次的验血报告，说铁含量完全正常，不用再验了。飘飘自然也就不用再取血，皆大欢喜。

那么，飘飘为什么嗜睡？医生说，每个孩子都不一样，有的孩子白天根本不睡，有的要睡一觉，有的要睡两觉，都是正常的。学校想让所有孩子按照同一个时间作息，对于这个年龄的孩子是不合理的要求。最后写了一个就医报告让交给老师。虽然全世界的医生写的字都很难认，但还是依稀辨认出了治疗方案：让病人上午早点睡觉。

过了几天，老师说飘飘开始犯困的时间在逐渐靠近规定的作息时间，可能再过些时间就能适应正常作息了。不过因为搬家，我们换了一个小的托儿所。新地方比较随意，困了就睡。老师说飘飘睡得早、起得也早，总的睡觉时间是差不多的。按她自己的时间睡觉之后，上午、下午都精力充沛，活力十足。

于是，“缺铁”的问题不解而决。

不给孩子喂饭

有一次我在公园里碰到一家中国同胞，带着一个跟飘飘差不多大的孩子。聊到上托儿所，那位妈妈说她家门口就有一家，当初把孩子送去，爷爷、奶奶就去外面看着。一般托儿所都允许家长在不影响托儿所活动的前提下参观。初到陌生的环境，孩子本来情绪就不高，老师也没有太多特别照顾。到了吃饭的时候，老师发了一些“一看就不好吃”的食物，孩子不喜欢吃，老师也不喂，到了时间就都给收走了。爷爷、奶奶实在看不下去，再也不让送去托儿所了。

飘飘是一岁生日刚过就开始上托儿所的，也经历了同样的“遭遇”。那时候她的姥姥、姥爷已经回国，我们都要上班，所以根本没有别的选择。开始几天也是不喜欢托儿所的食物，老师说可以给她带一些她喜欢的。带了几天，觉得应该让她去适应学校的环境，而不是给她创造她喜欢的环境，于是就不带了。托儿所的老师是不会给孩子喂饭的，在他们看来，自己吃饭本来就是孩子成长的一部分。几天以后，飘飘就完全习惯了学校的食物。尽管在我看来，那些食物确实“一看就不好吃”，但是她依然每天吃完了最初发的定量，还会主动要求更多。她们每天要吃四次东西——早餐、中餐和上下午的零食，老师留下的饮食记录基本上每次都是“more”，只有很少的时候是“most”，只吃“some”的时候极为少见。

我们当时住的地方有“社区育儿辅导员”，每年会上门几次评估孩子的发育状况，并针对孩子和家庭状况给一些建议。我们的辅导员是一个经验丰富的老太太，她很早就告诉我们让孩子学会吃饭是发育中很重要的一个方面。当孩子会坐时，就让她坐在婴儿椅上看我们吃饭。开始加辅食的时候，主要是让她对食物有感觉，她也太小，就由我们来喂。不过很快，她就喜欢自己去抢小勺了。所以在喂米粉的时候，最后也会把勺子给她玩。会爬以后，就给她买了一些“手抓食物”，美国人叫做“finger food”。那是一些专门为婴儿制作的块状食物，放到嘴里即使不嚼也会化，不用担心她噎着。于是，在我们吃饭的时候，她就玩那些手抓食物，偶尔也会放一些到嘴里。

过了一岁，我们开始给她一些固体食物。婴儿椅上有一个台子，是用来放食物或者玩具的。我们就在盘子里放一些食物给她抓着吃。开始的时候，吃进去的很少，大多数都“浪费”了。每一次都吃得一片狼藉，手上、脸上、衣服上、椅子上、地毯上到处都是，不过她很高兴。对婴儿来说，吃进去多少食物并不是那么重要，更加重要的是学会自己吃东西。辅导员说，不要勉强她吃，让她自己决定想吃什么和吃多少，跟“食物”玩是她的手、眼睛还有嘴发育的过程。

实际上这种方式很麻烦。浪费食物不说，每次吃完都得清理婴儿椅、她的外套甚至地毯。不过，随着在托儿所的“遭遇”，她能够吃到嘴里的食物越来越多，而且吃饭时候的注意力逐渐集中了，我们吃完，她差不多也就吃完了。到她两岁的时候，吃煮好的鸡蛋都不用我们帮忙了，自己拿起来在桌子上敲，然后剥开了吃。

育儿辅导员说，孩子的注意力容易分散，但是也容易转移。要让孩子好好吃饭，就要形成比较固定的习惯。比如说，吃饭的时候不开电视、不放音乐，收起任何吸引孩子注意力的玩具。全家人的注意力都集中到吃饭上来，不管是父母还是孩子，都自己吃自己的饭。

中国的父母总是怕孩子饿着，喜欢让孩子“多吃”。在很多情况下，甚至把“吃得真干净”作为对孩子的表扬。按照美国的儿童教育理念，这是不合适的。当孩子不想吃的时候，就不该鼓励他们继续吃。“剩饭”不是一种好习惯，但是为了不“剩饭”而鼓励孩子多吃比剩饭更加糟糕。为了让孩子不剩饭，应该给他们小份的食物，吃完了再给。当孩子更大一些，就应该鼓励他们按照自己的需要自己盛饭。很多时候，他们可能“眼大肚子小”，父母可以在他们盛饭的时候提醒他们少盛一些，但是剩了总比吃多了要好。

孩子不会饿着自己，这顿没吃饱，他们就会在下一顿好好吃。

没听说过小熊糖的爸爸

有人问我："现在国内有条件的父母都给孩子吃来自美国的小熊糖，你觉得如何？"我很诧异："小熊糖是什么东西？没听说过……"

后来了解了一下，小熊糖就是一些针对小孩子的营养补充剂，包括维生素、Ω－3多不饱和脂肪酸、矿物质等。在美国，小孩子往往从出生开始就会有一个固定的儿科医生。儿科医生会定期检查孩子的发育状况，提供饮食建议。我家孩子的儿科医生会告诉我们什么时候加辅食、具体如何加，以及是否需要补充维生素等很细致的事情，但是没有提过小熊糖。周围还有一些认识的朋友，也没有给孩子吃小熊糖的。所以，我估计，这个东西虽然出自美国，但是应该不像传说中的那样流行。据说小熊糖通常是几美元一瓶，相当于一两个西瓜的价钱。因此，它不流行的原因不会是父母"没有条件"，而是没有必要。

当然，小熊糖补充的那些成分都是孩子成长发育所需要的。缺乏了它们，孩子的生长发育和健康确实会受到影响。问题的关键在于：是不是需要通过这种方式来补充？

对于多数父母来说，既然需要，那当然就要“补”了，多了总比缺乏的好。不过在营养上，还真不是这么回事。绝大多数营养成分对健康的影响，都是一个钟形。也就是说，缺乏的时候，对健康不利；但是太多了，对健康也不利。我们常说的“过犹不及”，就是这个道理。在“充足”和“太多”之间，不同的营养成分缓冲范围不同。有的范围很宽，比如维生素C，一个1～3岁的孩子每天15毫克就足够了，但是多到400毫克也没有副作用。而15毫克的维生素C，只需要一个中等大小的橘子或者猕猴桃就足够了，很多蔬菜也富含维生素C。这就意味着，只要孩子的饮食习惯不是很离谱，就不会缺乏维生素C。当然，如果喜欢，通过小熊糖这一类的东西再吃进几百毫克也不会有害。而有的成分缓冲范围比较小，很典型的比如锌，1～3岁的孩子每天3毫克就足够，而7毫克是“安全上限”。如果盲目地给孩子“补充”锌，超过安全上限的危害可能跟锌不足的危害一样大。

这一类产品的广告经常这样说：每颗含有的钙（或者其他成分）有多少，相当于多少多少牛奶（或者其他食物）。年轻的父母们会自然而然地觉得：给一颗糖，就代替那么多牛奶了，又简单又有效。要知道，这是完全不对的。牛奶中除了那些钙，还有蛋白质、维生素、其他矿物质等成分，那远远不是一颗糖所能比拟的。

对于很多营养成分而言，吃点小熊糖或者类似的补充剂确实不会达到有害的地步。但是，人体不会因为补充了某种或者某几种成分而健康。孩子的健康，取决于全面均衡的营养。而这只能依靠良好、合理的饮食习惯来获得。如果一个孩子有良好的饮食习惯，那么基本上不需要吃这一类的“营养补充剂”；如果一个孩子没有良好的饮食习惯，即使吃再多再“高级”的营养补充剂，也未必有什么用。

对孩子的健康来说，让他们养成良好的饮食习惯，远远比“创造条件”给他们吃各种营养补充剂要重要。当然，这也并不比“创造条件”给他们买各种营养补充剂更加容易。

益生元，婴儿慎用

当人们有了更多的钱和时间来关注健康，各种具有“保健功能”的食物就层出不穷。通过吃进“益生菌”来改善健康的理论在一百多年前就被提出，近些年更赢得了巨大关注。而另一个容易让人们与之混淆的概念——“益生元”，又频频出现，不少朋友特别是孩子家长经常向我问起。

现在，生物学家们已经知道，我们的体内存在着一个巨大的细菌生态群。据估计，总重量大概在1.5千克左右。它们最集中居住的地方是大肠。一般而言，多数细菌与人体相安无事。有一些能够捣捣乱，代谢产生一些有毒或者有害的物质。还有一些能够为保护它们的“生态环境”作出贡献，比如通过代谢产生一些对人体有益的成分。这些“好细菌”在科学上被称为“probiotic”，中文通常翻译成“益生菌”。

补充“益生菌”的思路是直接吃进活的细菌，类似于空投一些“好细菌”来抑制“坏细菌”。而补充“益生元”的思路则是，通过提供“好细菌”喜欢的食物来扶持它们，从而压制“坏细菌”。能够实现这种功能的食品成分就被叫做“prebiot ic”，一般翻译成“益生元”。这一思路直到1995年才被提出，随即获得了巨大关注。十几年来，相关的研究越来越多，也有相当多的“益生元”食品投放市场。

显然，“益生元”不是一种特定的食物成分，而是所有能够实现类似功能的食物成分的总称。它的涵义在学术界还有不完全相同的理解，不过基本特征都有：这种食物成分必须完好到达大肠，也就是说不能被人体消化吸收；它不仅需要能被“好细菌”代谢利用，还得不能被“坏细菌”利用；“好细菌”代谢利用之后，必须为人体带来明确的好处。

这样的要求确实不低，不过在理论上可以实现。在现代食品工业里，理论上的“可能存在”只能用来引导人们去开发产品，而不能用来作为产品功能来推销。同样的东西，如果要宣称它具有“益生元”特性，就必须拿出明确可靠的证据证明它符合上述要求。

在过去的十几年中，学术界和工业界投入了巨大的人力、财力来寻找这样的东西。迄今为止，比较公认满足“益生元”要求的有三种物质：菊糖（synanthrin）、低聚果糖（fructo-oligosaccharide,FOS）和低聚半乳糖（fructo-galactose,GOS）。它们存在于一些常规食品之中，不过含量高低不等。还有许多其他的可溶性膳食纤维和低聚糖也在某些方面满足“益生元”的要求，不过总体来说证据还不够充分和完善。这样的东西，也是“健康食品”，不过还不能称为“益生元”。

在中国，人们往往把“益生元”这一类的食品当做儿童甚至婴幼儿的保健品。实际上，就它们的功能来说，对各个年龄段的人群都有意义。需要明白的是，它们只是食品，对于身体健康能够有一定的帮助，但是不能指望它们来治病、防病。比如，针对许多婴幼儿食品中加入了益生元成分的市场现实，《儿童与青少年医学文献》（*Arch Pediatr Adolesc Med*）在2009年发表了一篇文献综述，总结了科学论文数据库中找到的11项针对足月新生儿的研究，结论是：足月的新生婴儿对于配方奶中加入的“益生元”没有出现不良反应，并且获得了一些短期的益处，比如增加了大便中双歧菌和乳酸菌的数量；降低了致病细菌的数量；增加了大便的频率并且降低了硬度，从而使之更接近母乳喂养的结果；等等。不过，作者认为这些研究都是短期的，规模也不大。补充“益生元”对于孩子的长远健康有什么样的影响，还缺乏大规模和长期的跟踪研究。因此，他们认为，“目前，在配方奶中常规补充益生元低聚糖还不能被推荐”。不过，工业界和学术界有很多人不赞同这种看法，比如2010年《循证护理》杂志就发表了对这篇综述的评论，认为母乳是配方奶的“模仿标准”。而母乳中含有各种低聚糖，在配方奶中补充低聚糖益生元使得配方奶更接近母乳。

或许，“益生元”产品能够进入市场，甚至是非常敏感的婴儿配方奶或者儿童食品市场，更重要的原因是这些食品成分本来就有着长期的食用历史，因而安全性很容易得到肯定。成为

“益生元”，只是它们的“健康功能”得到了额外的验证而已。

不过，对于消费者来说，麻烦的地方也就在于：“益生元”是一个概念，而不是一种具体的产品。当你面对一种号称“益生元”的具体商品时，很难知道它是否真的符合“益生元”的几条标准。你不得不去相信某一个信息来源：主管部门的“审批”以及商家自己的信誉。

作为两个孩子的爸爸和食品健康的科普作者，我被好几个编辑约过有关牛初乳的稿子。但是本人一直觉得这个东西不好评论。对于婴儿保健品，我经常介绍的结论是“没有可靠的证据表明补充它对孩子有害处”。事实上，那些传说中有很多“神效”的东西，有许多科学家做过相关的研究，但是没有证实那些功能的存在。因此，他们说“没有证据有用”，所以也就“没有必要补充”。

而牛初乳的情况有点特殊。当我说出“我个人的观点是完全没有必要吃它”的时候，原因跟其他的情况不太一样。

毫无疑问，人初乳非常珍贵。在婴儿初生，还没有建立起健全的消化系统、免疫系统的时候，来自于母体的初乳是“万灵丹”。母亲的初乳，满足孩子所有的营养和防病需求。

对于初生牛犊，牛初乳也是它的“万灵丹”。其中的免疫球蛋白、生长因子、活性多肽、蛋白质等，对于牛犊的存活确实至关重要。

但是，牛的初乳，毕竟是为牛而产生的。对于人类来说，它也是“完美食品”吗?

因为它所含的丰富的“营养成分”和“活性成分”，使得人们“相信”它对人类也有超级的作用。关于这些功能的研究，有过一些，但是相当不充分。当我说“没有可靠的证据证实那些功能”的时候，其事实是——做过的可靠检测并不多，虽然有一些实验似乎显示了“有效”，但是尚不足以做出“有效”的结论。

这话有点绕。简单说来就是：别的婴儿保健品是经过了许多研究，没有“找到”有用的充分证据；牛初乳则根本就没有做过多少研究，是没有“找过”是否有用的证据。

商人们自然喜欢说“没有证据表示没有，那就可能有了”。对于“宁可信其有”的父母们来说，愿意给孩子吃似乎也无可厚非。

不过，我个人的态度，一贯是拒绝这样的“万一有用”，理由如下：

当孩子还是婴儿的时候，母乳或者配方奶足以给他们充分的营养成分。如果孩子依然生病或者发育不好，那是其他的原因而跟吃的东西没有什么关系。补充牛初乳或者任何“婴儿保健品”无助于他的健康，反倒可能带来其他不确定的风险。

如果孩子已经大了，可以吃常规食物，那么牛初乳中的那些免疫球蛋白、生长因子、活性多肽等，能否经过消化系统保持活性都很难说。一般而言，这样的物质都难以抗拒消化，吃下去以后跟普通蛋白质并没有大的差别。在这些成分中，理论上确实也可能有一些结构特殊的能够经过消化仍然保持活性，但是再有直接的证据证实这种“可能性”之前，把它当做“事实”是很不靠谱的事情。

最后一点，甚至或许是极其重要的一点，牛初乳非常稀少，价格昂贵。作为一种“保健食品”，即使是在美国那样管理规范的社会，对它的管理依然是非常宽松的。更直白一点说，并没有什么法律或者制度可以确保商人们卖的“牛初乳”就是真正的牛初乳。把孩子的健康，寄托在对商人的信任之上，实在是一种很美好的愿望。

或许，我拒绝牛初乳这一类的东西最根本的原因还是在于：孩子的成长，根本不需要什么稀奇古怪的“保健品”。人类发展演化到今天，繁衍生息与成长发育，依靠的都是最常规、最普通的食物。吃了什么稀有的东西就能更聪明、更健壮，那是武侠小说的思路。

我为什么不给孩子“补钙”

一个“发小”在上海，他的孩子比我的小几个月。一天发了个信问我：你家孩子补的什么钙？我很诧异，问：“孩子为什么要补钙？”他回信说：“医生说补钙对孩子的生长发育至关重要，要求从几个月开始就补，周围的孩子们都买了医生推荐的补钙产品。”

我们的孩子有一个固定的儿科医生，从孩子出生就管着孩子发育的方方面面。她从来没有提过补钙的事情，我也很难理解为什么有那么多中国孩子“需要补钙”。另一个朋友看了我家孩子的一张照片，说：“这孩子枕秃，得补钙……”

于是，在下一次常规体检的时候，我问儿科医生：“什么样的孩子需要补钙？我家孩子的枕秃需要补钙吗？”

她比我看到朋友的信还诧异，说：“我从来没有听说过婴儿需要补钙。你家孩子那么能喝奶，怎么可能缺钙？”

对我来说，既然儿科医生不认为孩子的枕秃是缺钙引起的，也不认为孩子可能缺钙，那么补钙就是一件毫无必要的事情。对于婴儿来说，给他们任何没有必要的东西都存在潜在的风险。于是，我很坦然地听之任之了。

几个月以后，孩子的枕秃消失了。我丝毫不怀疑，如果我给孩子补钙了，那么就会成为一个“补钙治枕秃”的成功例子——真相就是，不管给她吃什么，我家孩子的枕秃都会消失，都会显得那种方法是“有效”的。

儿科医生之所以认为婴儿不会缺钙，是根据科学常识。毫无疑问，钙是孩子生长发育必需的营养成分之一。但是，重要的营养成分并不意味着越多越好，也不意味着需要额外补充。根据目前的科学数据，周岁以下的婴儿每天只需要两三百毫克的钙就足够了。只要是喝奶的婴儿——不管是母乳还是配方奶，都不会低于这个量。许多家长觉得，反正是“好东西”，额外补充了总不会有害处。从科学角度来说，确实没有证据显示补钙对婴儿有害，也没有证据来设定一个可能对婴儿有不利影响的“有害剂量”。但是，对于一个虽然“没有证据显示补了有害”，但是也完全没有证据显示“有必要补充”的东西，我们为什么要去给孩子吃呢?

即使是大一些的孩子，也不一定需要补钙。比如说，1～3岁的孩子每天需要500毫克的钙，4～8岁的孩子则需要800毫克。而一杯牛奶中的钙，就在300毫克左右。即使是那些不喝牛奶的孩子，现在商业化生产的豆奶，也都有类似含量的钙。而这些食品，除了钙，还有优质蛋白以及维生素等。可以说，让孩子通过这些食物获得钙的同时，也是给了他们健康的食品。反之，不让他们养成良好的饮食习惯，把健康的希望寄托在补充各种“营养成分”上，是靠不住的。

现在的孩子，吃的食品除了牛奶、酸奶、冰激凌这样含天然钙的，还有许多加了钙的产品。作为家长，关心一下食品标签，也可以大致估算一下孩子每天的摄入量有多大。要知道，钙并非越多越好，对于1岁以上的孩子来说，目前认为每天2500毫克的钙是“安全上限”。

家长们常常对孩子的龋齿十分头疼。每个人的口腔中都会有或多或少的细菌，如果口腔中有它们生长所需的原料，它们就会大量生长。细菌生长过程中会产生有机酸，这些有机酸会腐蚀牙齿，导致牙中的矿物质流失。

这些细菌生长的原料，是饮食中的糖。这里的糖不仅仅是日常生活中所说的蔗糖，而是化学意义上的糖——葡萄糖、果糖、蔗糖、小分子糖浆等能够被细菌转化的糖类。许多研究——包括动物实验以及人类的流行病学调查等——的结果表明，糖的消耗与龋齿发生率直接相关。在低收入的国家和地区，人均糖消耗量低，龋齿发生率也低；随着经济发展，糖消耗量上升，中等收入国家的糖消耗量相对较大，龋齿发生率就相对比较高。更有研究进一步发现，龋齿不仅与糖的总摄入量，还与每天吃糖的次数有关。尤其是非进餐时间吃糖，更容易导致龋齿的发生。

有趣的是，在高收入国家，龋齿发生率又降低了。调查分析认为，除了高收入国家的人们在牙齿保护上的投入更多之外，主要跟水中加氟的措施有关。氟在自然界中广泛存在，在天然水源中，氟的含量也相差很大。饮用水中的氟含量对牙齿健康的影响，也有过大量的研究。广泛接受的结果是，饮用水中一定量的氟，能够有效防止龋齿的出现。但是，过高含量的氟，又会导致牙齿发育期的儿童出现所谓“氟斑牙”，轻微的症状不明显，严重的会有黑色或棕色斑点，甚至牙齿裂开。

在美国、加拿大、巴西、阿根廷和澳大利亚等国，有些地区的饮用水中加了一定量的氟，而有些地区的天然水源中氟含量过高，作了“去氟”处理。总之，就是使饮用水中的氟保持在一定含量。他们的主管部门认为，正是这种水中加氟的措施，大大降低了全社会的龋齿发生率。

不过，这个政策存在许多争议。一方面，虽然加氟的成本很低，但是氟的“适量”与“过量”不好把握，控制不好就是“好心办成了坏事”。另一方面，龋齿本身不是一种严重的“疾病”，带来的后果也不算严重。而水中加入“氟”这样的“化学物质”，许多人在心理上并不容易接受。也有许多人担心，氟会腐蚀骨骼以及带来其他危害，加氟“带来的好处”与“潜在的风险”相比，并没有突出的优势，所以还是顺其自然的好。

公共政策的制定往往受到许多科学之外的因素制约。虽然水中加氟对降低龋齿发生率有统计数据上的支持，就节约社会成本而言是有利的；但是，对于个人来说，这种“利益”很难被体会到。比如，即使加氟把龋齿发生率从3%降低到1%，对于大多数人来说，依然是加不加氟都不会得龋齿，而加了氟依然有人得龋齿。但是，如果加了氟，有人出现了氟斑牙（氟斑牙的出现完全可能是其他渠道过量摄入氟所导致），哪怕发生率很低，比如十万分之一，这就足以让“水中加氟危害健康”的感觉深入人心。而因此导致的质疑和反对，对于公共决策的制定者和执行者来说是很难承受的。

中国目前没有自来水加氟这样的措施。对于个人来说，通过氟来防止龋齿的现实途径，一种是使用含氟牙膏，另一种是嚼无糖口香糖。无糖口香糖用甜味剂来产生甜味。它们本身不是糖，不会被细菌所转化，所以不会增加龋齿的风险。美国食品与药品管理局（FDA）在1998年通过了一项“健康宣示”，允许生产厂家在产品包装上使用“吃糖会增加龋齿风险，用于产生甜味的物质××不会增加这种风险”之类的宣传用语。

除了糖，各种酸度很高的软饮料，包括果汁，都会对牙齿有一定的腐蚀作用，这些又偏偏是孩子们非常喜爱的，因此更加需要注意。当然，像果汁这样的饮料，除了“好喝”，在其他方面对健康也有着很多积极作用。是否因为它对牙齿的“可能危害”而拒绝它，又是一个利弊平衡的问题。好在研究文献认为，吃整个水果对牙齿没有明显影响，所以，还是多鼓励孩子吃新鲜水果吧。

一个人是否会得龋齿还受其他多种因素的影响。全面均衡的营养是根本，良好的口腔卫生习惯（比如经常刷牙漱口）是有效的手段，这些都要从小抓起。

能吃的疫苗，离我们还有多远？

感谢各种疫苗的出现，现代人不用担心古时皇帝都逃不开的疾病，如天花之类。但是所有的小孩子都不喜欢打针，所以小时候对科幻故事里能够吃的疫苗就格外渴望。总是想，如果打疫苗的时候老师不是领着一个背药箱的护士进教室，而是发给每个人一个苹果或者一根香蕉，那将是多么美丽的事情！随着逐渐长大，对打针的恐惧越来越淡，对水果的渴望也越来越淡，终于忘却了能吃的疫苗。

岁月流转，直到做了父母，看着打疫苗的时候哇哇大哭的孩子，才又想起：能吃的疫苗，离现实还有多远？

打的疫苗与吃的疫苗

人们所得的许多疾病是由病原体引起的。当病原体侵入人体，烧杀掳掠干尽坏事，人体也就“生病”了。不过，哪里有侵略，哪里就有抵抗。病原体也会引发人体内的防御机制，产生被称为“抗体”的蛋白质与病原体斗争。只是，在第一次产生的时候，抗体的力量往往无法与病原体抗衡，所以人体会发病，一些严重的疾病甚至让人熬不过去。好在这些抗体会长期甚至终身存在于人体中，在病原体下次来袭的时候，抗体已经有足够的力量和经验来保卫家园，病原体只能无功而返，我们就说人体对这种病原体“免疫”了。

但是，靠得场大病来获得免疫毕竟是件很危险的事情。像那个叫玄烨的小孩儿如果不是命足够大，那场天花就会让他提前走进历史，也就不会有后来的康熙王朝了。自然界的美妙之处在于，抗体的产生并不需要大规模外敌入侵。只要有一些解除了武装的敌人——失去了繁殖力的病原体，甚至完全死掉了的病原体，就足以引起人体的重视而产生抗体。一旦抗体产生，人体就获得了对这种病原体的免疫力。我们管这个过程叫做“接种”，而把那些失去作恶能力的病原体叫做“疫苗”。

传统上的疫苗是通过打针来实现接种的。虽然这种方式很直接、很有效，但是也有一些弊端。比如说，最需要接种的是小孩，而小孩都不喜欢打针。其实更重要的是，打针接种很容易产生感染。据统计，世界上因为打针接种导致感染的病例，每年多达上百万起。

如果疫苗能够口服的话，就可以避免上述的两个问题。在过去的20来年中，生物技术得到了巨大发展。医学、植物学、分子生物学以及食品科学的交叉，使得通过植物生产口服疫苗的研究也取得了巨大的进展。

怎样让植物产疫苗?

疫苗的实质是某种东西进入人体之后让人体产生相应的抗体。至于这种东西是不是原来的病原体，并不是问题的关键。但是传统的病原体往往只能通过注射起作用，如果吃进肚子里，就会被消化分解而起不了作用。分子生物学的发展让人们可以很容易地获得病原基因，所以疫苗就可以是那段基因合成的蛋白质。这样的蛋白质被称为“抗原”，口服疫苗的关键就是产生的抗原吃进肚子里能够躲过消化液的进攻，到达人体的黏膜，激发人体防御机制而产生抗体。

植物细胞外有一层细胞壁，可以在一定程度上保护其中的蛋白。如果把病原基因转入植物体内，那么植物组织中就会产生相应的蛋白质。这些蛋白质随着植物被人吃下，就可能成为抗原而对人体“接种”。

通过转基因植物生产疫苗的过程如下：病原体中导致人体得病的基因（称为“致病基因”）被分离出来，插入到某个载体中。然后这个载体被融合进某种细菌（常用的是土壤杆菌），接着拿这样的细菌去感染某种植物细胞比如西红柿，那段致病基因会被插入到西红柿的基因序列中。把这样的植物细胞培养成完整的植物，就成了转基因西红柿，其中就会含有那段基因所形成的蛋白。当我们把西红柿吃下去，如果这个抗原蛋白没有被消化分解而到达了胃肠黏膜，就可能导致抗体蛋白的产生，从而实现“接种”。这个过程看起来很高深，不过在现代的生物实验室里，跟厨师做大餐一样，虽然繁复但是有章可循，并不是特别困难。

这种转基因植物一旦形成，就可以使种子一代代地生长，很容易实现大规模生产。但是它有一个很大的缺陷，就是产生的病原蛋白含量比较低，不容易达到足以引发抗体产生的浓度。

还有一种方法则是融合植物病毒，利用植物病毒的感染能力来生产疫苗。在致病基因中，往往只有其中的一小段序列负责引发抗体形成，而其他的氨基酸序列只是凑热闹以壮声势。如果人们辨认出了那段干活的序列，就可以把它切下来融合到植物病毒中。病毒的繁殖能力超强，到了植物上就以星火燎原之势大量产生病毒颗粒。这些病毒颗粒的蛋白质中含有我们想要的那段氨基酸序列，进入人体之后同样能够引发抗体产生而实现“接种”。这种方式产生的蛋白质浓度要高得多，所得的抗原（或者说“疫苗”）可以进行纯化以后使用，也可以直接食用。因为植物病毒只在植物上繁殖，在动物体中比流落平阳的老虎还惨，完全没有作恶能力，所以人们也不用担心这些“病毒”的危害。

实验带来希望种种

20 世纪 90 年代初，人们把一些抗原转入土豆，在得到的转基因土豆中获得了一定浓度的抗原蛋白。把这种生土豆喂食给老鼠，一段时间之后，在老鼠血液中检测到了相应的抗体蛋白，从而证实了用植物生产口服疫苗的可行性。

从那以后，乙肝、诺瓦克病毒等病原在植物中的表达得到了大量研究。除了土豆，还在西红柿、香蕉、水稻、玉米和烟草等植物中进行了尝试。通常这些研究都能获得一定量的抗原，把这些抗原蛋白或者植物病毒颗粒喂给老鼠吃上一段时间，就能够在老鼠体内检测到相应的抗体。

不过，这些疫苗进行了临床实验的并不多见。第一个进行临床实验的是导致拉稀的大肠杆菌疫苗。这项发表于1998年的研究是双盲对照实验，11个被试服用了生的含有疫苗的转基因土豆，结果有10个产生了明显的抗体信号。虽然这项临床实验样本量不大，但是证明了转基因生物产生的疫苗可以通过口服实现接种，因而被认为在这一领域的研究中具有里程碑的意义。

诺瓦克病毒抗原在烟草和土豆中都进行了表达。与上一个例子不同，诺瓦克病毒抗原是以病毒样颗粒（virus-like particle，VLP）的形式存在的。在土豆和烟草中获得的抗原颗粒大小和结构与传统的疫苗高度相似。2000年发表的表达诺瓦克病毒抗原的土豆在人体中的实验结果表明，土豆中的病毒样颗粒能够通过口服有效地产生相应的抗体。

乙肝抗原是在植物中研究得比较多的疫苗。在烟草叶子中表达出来的乙肝病毒样颗粒在各种特性上都与目前使用的商业化乙肝疫苗相似，吃了这种疫苗的老鼠也产生了相应的抗体。进行人体实验的乙肝疫苗是转基因生菜产生的，吃了这种转基因生菜的3个志愿者中有2个体内产生了足够浓度的乙肝抗体。

清除障碍，让孩子吃上疫苗

虽然临床实验还不多，规模也很小，但是已经足以证明用植物来生产口服疫苗完全可行并且具有很大的潜力。不过，要进行商业化的生产，还有很远的路要走。比如说，目前研究比较多的这些植物，也都各有利弊，还没有一个完美的答案。烟草很容易操作，抗原产生效率也高，但是烟草叶子毕竟不能当蔬菜、水果来吃；土豆价格便宜，转基因操作也很成熟，但是生吃土豆也是一件很难的事情，做熟了又会破坏疫苗的活性；香蕉、西红柿生吃倒是没有任何问题，但是香蕉的转基因操作研究还很有限，而西红柿本身蛋白含量就低，酸性环境更有可能和抗原不兼容……

除此以外，还有许多其他的问题没有解决。比如说：如何选择抗原？疫苗生产的效率是否够高？如何服用以及服用量多大？安全性如何保障？公众的接受程度如何？如何进行质量控制？法律如何监管？……

只有这些问题得到了很好的解决，不用打针而只需要吃蔬菜、水果就可以接种防病的疫苗才能进入实用。目前的研究显示这条路是可行的，而将来的研究是要清除路上的障碍。我们的孩子还得通过打针来接种疫苗，但或许他们的孩子就可以“吃”上疫苗了。

宝宝生病了，怎么办？

李清晨

导 读

2007 年 7 月，我以 28 岁“高龄”硕士毕业，专业是成人普外科。惨淡的就业形势容不得有更多的选择，于是我来到哈尔滨儿童医院工作。初来乍到，一切都觉得非常不适应，仅在轮科阶段接触过 2 个月的小儿外科的我，很多东西相当于从头学起。所在的科室，正是青黄不接的时节，连出门诊的人员都不够，而我早在毕业前一年利用本科的学历考取了执业资格，所以上班几个月后，就被安排了夜班门诊的任务。

通常来说，每当过了午夜 12 点以后，病人就渐渐少了，但躺在值班室床上是不敢睡过去的，一旦真的睡着，被那种急促敲门声惊醒的感觉，实在令人痛苦不堪。只好闭着眼睛想事情，回忆那些在病房或者是在门诊中遇到的形形色色的患儿和家长，思考每一次诊疗过程中的正误与得失。

2008 年 6 月，我加入科学松鼠会以后，正式开始科普写作生涯，那些平日里失眠时的胡思乱想，便陆陆续续地以“科普”

的名义出现在部分网站、报纸和杂志上。读者的反馈又使我渐渐意识到无心插柳之举是有些正面意义的，于是便更留心工作中哪些有代表性的病例和事件是可以介绍给读者的、哪些问题是患者急于知道的。这种收集、整理无疑是快乐的。有一次，一个杂志的编辑要求写下自我介绍，我写下了这样的句子："一个残留了一些理想主义的外科医生，白天在无影灯下救死扶伤，晚上在互联网上激扬文字。"

现阶段，大众对医疗常识的缺乏还是非常严重的，这一方面导致了很多疾病的延误治疗，另一方面又加剧了医患之间沟通的困难。这种情况即使在互联网时代，似乎也无明显的改观，因为有限的科学信息被大量广告性质的不实之词所淹没了。一个没有医学背景的人，通常是没有办法利用互联网获取有效信息的，甚至反而可能落入圈套。一名年轻的基层医生对此常常会感到非常绝望，这种情况的改观似乎是极困难的，但我不愿意放弃希望，于是就有了这样一组文章。

2010年2月，我获得韩国某财团的奖学金资助到首尔大学医院进修，他们的医患关系让我颇为羡慕。这样的场景如果被中国的患者看到，可能会说："你看人家韩国的大夫，态度多好！"如果被中国的医生看到，可能会说："你看人家韩国的患者，多么配合！"事实上，中国的医患关系之所以到今天这个地步，远不是三言两语能够说清，也远不只是医患双方的事了。《家有小儿，常备开塞露》中提到了这样一个场景：我让孩子先去排便，而家长问我要手纸……这种情况在韩国当然不会出现，包括医院在内的所有卫生间都是备有手纸的。聚沙成塔、集腋成裘，手纸的事是太小不过的事了，但在大的医疗服务环境一时半会儿不可能有根本改变的情况下，作为一个个体，做一点儿细枝末节的贡献自是责无旁贷，这也是我在业余时间为媒体撰写医学科普文章的初衷。

那么，就从这个与手纸有关的故事开始吧。

家有小儿，常备开塞露

每次值完夜班，我都想把有关开塞露的用法告诉所有孩子的家长。毫不夸张地说，这将在很大程度上减轻医生的工作量，同时，也必然会减少家长们许多不必要的折腾。

我知道你会看着我，睁大眼睛：开塞露真有这么大作用？

春节期间的一个夜班，几个家属急匆匆地来到外科急诊室：“医生快给我们看看，孩子哭得太厉害了，县里医生说是肠梗阻，我们打了两个多小时出租车来的。”最后进来的家长把孩子放到了检查床上。查体之后，我开了一张开塞露的处方，并详细告知了用法。10分钟后，家长领着孩子走回来，小家伙脸蛋上的眼泪还没擦干，但肚子显然已经不疼了，一点痛苦的表情也没有。大半夜的花几百块钱打车来省城，结果治疗费用只花了8角5分钱……

家长临离开时，除了千恩万谢外，自然牢骚不断：“唉，大老远地来省城，就拉泡屎啊！”

孩子来的时候，带了张腹部X线片，提示有肠梗阻。也许就是因为这样，当地的医生生怕耽误了孩子，就建议他们转往上级医院。详细询问病史得知，这个2岁的孩子赶上节日开怀大吃，两天没大便，后来突然发生腹痛，除了哭闹不安，没有其他异常。如此一来，我心里基本有谱了：不大可能是器质性疾病导致的腹痛。

那么，为什么我首先叫孩子用开塞露而不是先做一系列检查呢？

其实，在这种情况下，给予开塞露既是治疗措施又是诊断措施。因为经开塞露灌肠排便后，如果腹痛即刻缓解，那么，患严重器质性疾病的可能性就比较小；如果腹痛无变化，医生就可以进一步考虑其他较为严重的情况，比如阑尾炎、肠套叠等。

假设在未给予开塞露灌肠前做彩超检查，病儿可能正处于肠道痉挛的状态，超声结果可能会提示：肠蠕动不规律，含气较多……而且由于孩子在剧烈疼痛中往往不太配合，也会给超声医生的操作带来不必要的麻烦。

经开塞露灌肠排便、排气后，如有必要再行相关检查，则更容易发现有临床意义的结果。

有时，家长把孩子带到诊室后，会说："医生，我在家给孩子用过开塞露了，孩子还是疼……"这样医生就可以直接在查体后进行有关的辅助检查了，会省很多时间。有时家长在家里自行用过开塞露，解决了孩子的腹痛问题，多数时候也没必要再来医院折腾了。

民间有言，“肚子疼不算病，有泡屎没拉净”，简直可以当做开塞露的广告词，可惜8角5分钱的玩意，即使十分有效，也不会有人代言的。

还需要明白一点：开塞露只是临时解决问题，对于那些有反复发作性腹痛和习惯性便秘的孩子，需要找出根本原因，进行相应的干预。

比如，有些孩子因为偏食，进食肉类过多而蔬菜类过少，食物中膳食纤维不足，这样就很容易发生便秘。要改变这种状况，就要从改进食谱方面入手。另外，从营养学的角度来说，食肉过多，还容易导致肥胖和某些维生素的缺乏。有的学龄期儿童早上无大便习惯，而上课时间又不能随时排便，久而久之就出现便秘，甚至突然腹痛。要避免这种情况，就得教育孩子养成良好的排便习惯。总之，不可频繁使用开塞露而忽略根本病因，不然，一旦形成心理或生理上的依赖，纠正便秘就更费劲了。特别严重的便秘，有些是有明确的解剖学病因的，需要进行外科干预，像结肠冗长、先天性巨结肠，需要做更复杂的检查才能确诊，比如钡剂灌肠透视等。

其实，开塞露作为一种非处方药物，很多家长都知道可用来灌肠，帮助排便，但开塞露的作用还不止如此。有的孩子来就诊时大哭不止，原因是一天没撒尿了，孩子憋得直哭，查体时能发现膀胱区的异常，这个时候，用开塞露灌一次肠，孩子在排大便的同时，尿潴留也能解决。

这一招，多数家长就不会了。他们想不通，为什么尿潴留问题要通过排大便来解决，甚至他们在接过我的处方时，也还是满腹狐疑，但领着孩子从厕所回来时，眉头就舒展了。

这是由于开塞露能刺激肠蠕动，膀胱的生理解剖位置临近直肠，刺激肠蠕动时可间接刺激膀胱逼尿肌，引起排尿。只是，多半家长在解决问题之后，就忘记问医生是什么道理了。

最后，说说开塞露的使用要点：先挤出部分药液润滑一下瓶口，然后将瓶口缓慢插入肛门，将药液完全挤入直肠内后，撤出药瓶，用手捏住孩子的屁股蛋，憋两分钟左右……常常有部分家长这么做之后，狼狈地回来找我："大夫，我们忘记带手纸了！"

致命呕吐

新生儿身上看似不大的麻烦对年轻父母来说可不好对付，仅有热情是远远不够的，也许一个不经意的疏忽就会导致严重的后果，比如说宝宝的呕吐。

对于那些一过性的、偶发的、轻度的呕吐，通常不必过于紧张，而有些生后早期即发生的持续的、剧烈的呕吐，就极可能是重大甚至致命性疾病的提示，我们姑且将这一类呕吐称为“致命呕吐”。这类呕吐虽然是小概率事件，但未雨绸缪总好过事到临头手忙脚乱。

夜班急诊遇到过这样一个病例，孩子出生 30 个小时，呕吐、腹胀、状态差。家长打开小被子以后，我发现其腹部明显膨隆，就问家属：“这孩子有屁眼么？”“有啊，怎么没有呢，你看看。”一个老太太打开了孩子的尿布。我仔细观察了一下，原来在其正常肛门的部位，仅有一极狭窄的小孔，约火柴杆粗细，周围有极少量黑色胎粪，并没有正常的肛门形态，小孔周围成薄膜状，隐约可见其未排出的黑色胎粪。“快把孩子包起来，住院，手术，这是肛门闭锁的一个类型，不手术孩子没有生存机会，快！”我赶忙开了入院单，安排其住院急诊手术——不然，这孩子必死无疑。家长没反应过来，好像还有很多问题等着我，我喝住了，告诉他们一律住院以后再跟负责医生沟通——哪急哪缓啊！

据文献报道，肛门直肠畸形在1500名新生儿中就有1例，考虑到中国庞大的人口基数，此类患儿的总数还是挺吓人的。很多外科医生在见着自己孩子的第一面时就是把孩子两腿分开检查一下孩子有没有肛门——这显然是被吓着了。其实医学专业之外的家长如果稍微细心点，也能尽早发现问题，而这个家长直到孩子发生呕吐，仍未意识到真正的问题所在，好在生后30个小时来就诊还不算太晚。

因为肛门闭锁属于消化道最末端的梗阻，因此患儿通常不会打吃第一口奶就开始吐，导致部分家长没能在第一时间就发现问题。实际上，消化道自上而下的任何一个部分若存在先天的闭锁都会导致梗阻，而且通常位置越靠上发生呕吐的时间就越早。在这一类疾病当中，以食道闭锁最为凶险，直到现在，对中国的医院来说，该病的治愈率仍是一项代表其新生儿外科技术水平的标志。虽然早在1670年人类就已经有关于食道闭锁的报告，但在20世纪70年代以前该病的死亡率一直极高，近年来随着外科及其相关技术的整体进步，治愈率才有所提高，在一些先进地区治愈率已接近90%。

食道闭锁通常都能较早为家长察觉，因为患儿在第一次喂奶的时候就会出现呕吐、呛咳，而且唾液过多，会不断地自口腔外溢。对那些产前检查就发现母亲羊水过多的患儿，生后家长则尤其要注意其呕吐的情况，只有尽早手术，孩子才有机会活命。好在这种异常凶险的疾病在中国发病率较低，4000名新生儿中约有1例。

通过上述两种情况，我们可以举一反三，那便是食道以下肛门以上的任意一部位存在闭锁都将导致患儿严重的呕吐，而且多在当天即可出现。但有一种情况需要特殊提一下——先天性肥厚性幽门（幽门即胃的出口）狭窄，此类患儿生后早期多半无明显异常，吃奶及大小便都正常，但生后2～3周开始发生呕吐，频繁且剧烈，也偶有推迟到生后7～8周才出现呕吐的病例。这是因为，患儿幽门环肌肥厚和增生是一个过程，只有达到使其幽门管狭窄至引起梗阻的程度，才会出现呕吐。跟上述消化道闭锁的情况比较起来，幽门狭窄似乎不那么凶险，但若任其发展也有性命之虞。因为随着呕吐的加剧，由于奶水的摄入不足，患儿最初体重不增，以后则迅速下降，发病2周而未经治疗的患儿，其体重可以较初生时体重低20%左右。而且由于发病初期呕吐导致大量的胃酸丧失，可引起患儿体内发生碱中毒，并出现相应的症状。也许正是由于这种呕吐出现相对较晚，因而家长对此缺乏足够的警惕，导致前来就诊的患儿中往往多数都已存在严重的营养不良。中国医科大学曾连续记录过24例幽门狭窄的患儿，其中只有3例是在患病后2周内入院，平均的病程为28.3天。该疾病在欧美每300～900个活婴中就有1例，在中国约3000个新生儿中有1例，而且男婴占90％以上。

很多家长可能要问，这些疾病的病因是什么？如何预防？有没有办法在孕期就发现这些疾病呢？遗憾的是，以目前对这类疾病的认识水平，尚无行之有效的预防手段，产前检查通常也极难准确判定此类疾病的存在。仅食道闭锁可能在产前检查中发现异常（如果超声检查发现羊水过多、胎儿胃泡影消失及食管上端明显扩张则高度怀疑食管闭锁的存在，而这又对产科超声医师有较高的要求）。

前面说的三种情况都是属于必须以外科手段来解决的呕吐，但大家须知道的是致命呕吐远不止这三种情况。头外伤、很多感染性疾病等均可以引起患儿的呕吐。总之，如果呕吐剧烈而持续，且患儿一般状态逐渐变差的，必须及时求助于专业医生。

小儿食物不耐受，也许被忽略

当你的宝宝出现腹痛、腹泻、湿疹、荨麻疹、关节疼痛等情况时，你很可能首先想到求助于专科医生，比如到小儿外科去看腹痛，到小儿消化科去看腹泻，到小儿皮肤科去看荨麻疹和湿疹，到小儿骨科去看关节疼痛……通常来说，这确实是最为稳妥的办法。可当这些症状经专科医生对症治疗获得缓解后又多次反复出现时，可怎么办呢？

很多医生可能会两手一摊：没辙啊，有些病就是总犯，犯了就治吧。

真的只能如此吗？

多年以来，针对这些问题，除了对症治疗而外，预防方面确实别无良策。近些年，随着人们健康意识的增强，儿童保健工作也得到了前所未有的重视，以前常常被人们忽略的一些病因，某些反复发作的慢性疾病（如上述情况）致病因素的查找、预防、治疗逐渐成为医务工作者关注的重点。经过多年的研究发现，食物不耐受可能是引起这些疾病的很重要的因素之一。

很多家长可能要问，食物不耐受到底是咋回事？跟我们相对比较熟悉的食物过敏一样么?

一样的地方呢，是这两种情况都算变态反应。从发病机制上来说，食物过敏与食物不耐受则分属两种不同类型的变态反应。而显著的区别为发病时一急一缓：食物过敏往往是在进食某种不常吃的食品之后几分钟之内就迅速发病，因此容易自我发现病因并明确诊断；而食物不耐受则常为进食平时常吃的食品以后，缓慢发病（数小时到数天），由于起病隐匿，发病时家长很难将病情与此前的某些食物联系起来，故此往往难以发现确切病因及诊断。另外，食物不耐受的发生率远比过敏高（其比例约为50%：1.5%），婴儿与儿童的食物不耐受的发生率比成人还要高。

那么，为什么会发生食物不耐受呢?

对于这个问题的解释，目前能够得到较广泛认可的是德国科学家Fooker博士的阐述。他认为：理论上，食物在进入消化道后，应被消化分解至适合人体吸收的水平，这样才能完全转化为能量供人体所需；但实际过程中，许多食物，包括我们最常食用的某些食物，因为有些人体内先天缺乏相应的酶而无法被人体完全消化，只能以较大的分子形式进入肠道，在那里被机体误认做“坏蛋”，从而引发防御反应，导致免疫攻击的发生。

免疫系统不是帮我们的吗?怎么反过来害人呢?

本来，人体的免疫系统的积极作用在于识别外来坏分子并进行攻击，以实现对人体有效的防卫。但在这种情况下，把未能彻底分解的食物当成敌人来打击，显然是防卫过当，这种无效打击于身体无益却可以导致机体的损伤。轻度的损伤人体可以代偿，但由于上述原因导致人们无法及时发现病因并调整饮食结构，不耐受的食物会继续引发免疫攻击，加重原有的症状，致使人体各系统出现一系列异常，包括高血压、肥胖、头痛或偏头痛、慢性腹泻、疲劳、感染等各系统疾病。

假如家长们觉得宝宝可能存在相关的问题，应该如何就医呢？或者说，我们该挂哪一科的号呢？

变态反应科。（大家可以称某某为外科医生，但变态反应科的，咱可不能叫人家变态大夫啊！）

前面提到的较为常见的各种过敏症一类也同属这个科室。

由于食物不耐受是人的免疫系统针对进入人体内的某种或多种食物产生的过度保护性免疫反应而产生了食物特异性 IgG 抗体，因此，通过检测这种特异性 IgG 抗体，即可判断宝宝是否已因食物不耐受产生了病变，从而为传统疾病的诊断提供一种快速、可靠的新方法。目前国内外已有数家公司从事相关食物不耐受检测试剂盒的研究，有的已有成熟产品投入市场，据悉可对近百种食物进行检测。但医生通常不会推荐家长为宝宝做那个全项的检测，一则费用太高，二则也不必要。除非是高度怀疑患儿存在食物不耐受，且在做了基本的十几项检查之后仍未获得阳性结果的，才考虑进一步做全项的检查。家长可根据检查结果制定限制食物计划，采用禁食或少食不耐受食物的方法，避免让不适宜的食物持续损害宝宝的机体，找到疾病发生的源头，控制疾病的持续发展。

医生通常会根据那个检测结果将食物分级为忌食、轮替、安全。归为安全一类的食物自然可按正常习惯进食，需要忌食和轮替的食物就需要家长多加小心了。

归为忌食类的食物，理论上需要从食谱中剔除，但如果剔除这类食物将严重影响营养的均衡摄入，或者说偏偏就是宝宝最喜欢吃的，这就需要在忌食一段时间、病情缓解以后经由医生的指导小心谨慎地重新纳入。普遍的建议是，欲将某种食物重新纳入饮食，应先选择这种食物的一种简单制品。比如鸡蛋吧，可以先尝试吃煮蛋黄，如果5天以上没有症状出现，可以再试着吃蛋清。如果重新出现相关症状，那么其他形式就不要进行尝试了，也许这辈子就告别鸡蛋了。

归为轮替类的食物也不可随意进食，应间隔一段时间。一般两次进食的间隔时间为4天以上。医生会告知家长们具体方法和时间。

这方面的研究欧洲各国的学者已经做了大量的工作，而中国最近几年也开始有学者关注。2008年7月12日，中华医学会健康管理学分会主办的“中国人群食物不耐受流行病学调查课题”正式启动，待有了详细的数据和分析结果之后，相信我们在科学饮食健康方面将有极大的提高，届时将有更多的医生在处理慢性病时考虑到食物不耐受的因素。

乖，你为什么哭？

小时候，在上学的路上经常看到村口路边的电线杆上贴有写满类似符咒的黄裱纸，上面有这样的几行字：“天皇皇，地皇皇，我家有个夜哭郎，路行君子念三遍，一觉睡到大天亮。”我会规规矩矩地站在那老老实实地念上三遍，然后长出一口气，仿佛做了一件好事似的。只是这样的好事，在老师做好人好事表彰统计的时候，是算不得数的。

古老的咒语当然不会真的解决问题，在缺医少药的乡村，怕是乡亲们也未必确信其真的有用，聊胜于无吧。

今天，自然不会再有哪个家长用这么荒唐的方法来对付婴儿的哭闹，但初为人父母的年轻夫妻还是时常被宝贝的哭闹搞得不知所措。婴儿的哭闹经常会成为家长们就医的唯一主诉。

宝宝到底为什么哭呢？

最简单地说，是小家伙感觉不爽，你们这帮没眼力见儿的大人们居然不知道俺十分难受，哭给你们看！

对于没有语言表述能力的婴儿，哭闹是其最有效的表达要求或痛苦的方式。饥饿、困倦、需要拉屎撒尿等内在的生理刺激，或冷、疼痛、疾病等来自外部的刺激都可以导致婴儿的哭闹。

有些时候，哭闹的确是某种病症的表现之一，但更多时候婴儿的哭闹还是属于生理性哭闹的范畴。因此，年轻的家长们如果不能善加区分，那就很容易被婴儿的哭闹搞得过于紧张。

啼哭是新生儿期的一种本能反应，通常，哭声嘹亮且中气十足的时候，多属生理现象。家长们首先需要考虑的应该是孩子是否饿了、尿了或者过冷过热、姿势不舒服等。有的婴儿常在睡前哭闹，睡着以后自然安静下来，这种情况俗称“闹觉”。有的孩子白天睡得多而夜间哭闹得厉害，这就需要设法纠正其生活规律了，不然大人孩子一起遭罪。我疑心那个咒语之所以能够一代代流传下来，可能就是由于有这部分情况。孩子生活规律了，夜哭的情况也减轻了，于是孩子的爹娘把这种情况的改善归功于那个咒语。在迷信横行的年代，类似的咒语流行并传下来也就不足为奇了。

人们总是更容易接受那种咒语“有效”的情况，而忽略了实际上大多时候无效的例子。当然，贴个咒语而已，不灵也没损失什么。对于确实是病理情况下的哭闹，那是念啥咒也不灵了的。

那么，常见的病理性的哭闹有哪些呢？

凡能引起小儿身体不适或疼痛的任何疾病，均可使其哭闹不安。若要讲清楚所有的原因，足够写成一本大部头的专著。

这里仅就几种常见且凶险的情况大略谈一下，希望对家长们有所帮助。

腹痛是引起患儿哭闹的较常见的原因之一，这种情况下患儿的哭闹常同时伴有脸色苍白、呕吐、大汗等，家长们须留意观察。实际上可导致腹痛的具体疾病又有很多，即使是一个有经验的门诊医生也往往无法在短时间内明确诊断。

民谚有云“肚子疼不算病，有泡屎没拉净”，话虽糙，却颇能说明问题。在门诊考虑为腹痛的患儿，大约有近1/3的情况经开塞露灌肠排便以后（大约几分钟后起效）腹痛得以明显缓解，甚至当即哭闹停止，一般状态好转。如果经开塞露灌肠排便之后患儿的情况没有改善，就需要考虑别的较为严重的情况了。（有关开塞露，详见：《家有小儿，常备开塞露》。）

一些比较凶险的急腹症，如果诊疗不及时，往往会危及患儿的生命，比如肠套叠和阑尾炎。肠套叠系一部分肠管套入相邻的肠管之中，如不治疗可导致患儿的死亡。典型的肠套叠常导致患儿突然发作的阵发性哭闹、屈腿、面色苍白，每次发作数分钟，之后患儿安静或入睡，数十分钟后再发作，如此反复……继续发展会出现呕吐，甚至由于肠壁血管破裂出血而导致便血。在发病早期多数病例可予非手术疗法治愈（空气压力灌肠法和钡灌肠水压复位法），但耽搁久了，就不得不手术处理了。阑尾炎在小儿中亦不少见，只是很多家长总以为只有大人才会得这个病。其实小儿阑尾炎不但常见，而且由于小儿的生理结构特点，其病情往往较成人更为严重，年龄越小越容易发生穿孔。诊疗不及时会带来严重的并发症甚至死亡。到目前为止，国内外报道婴幼儿急性阑尾炎的误诊率约为35％～50％，新生儿更是高达90％以上。早期明确诊断、适时予以手术治疗多能取得良好的预后。

还有一种哭是明显异于常态的，一种尖声哭叫，很刺耳，我们称其为脑性尖叫。常见的疾病有缺氧缺血性脑病、颅内出血、脑积水等。这种哭声实在太特殊了，一般的家长都会觉得不对劲，进而求医诊治。

至于佝偻病、营养不良、贫血之类的患儿也可有烦躁、哭闹、睡眠不安的情况，鉴于这类情况同上述种种比较起来不是特别紧急，这里就不细说了。总之，如果家长们能初步排除生理情况下的哭闹，我还是建议父母们带着宝宝到医院走一遭。不必说什么给大夫添麻烦了一类的话，谁叫他们穿了白大褂呢。

有毒奶粉的东窗事发，带动了“奶妈产业”的蓬勃发展，也让那些深信做女人“挺”好的妈妈们没了逃避哺乳的理由。都说母乳最好，可到底好在哪？没几个人能回答得了。至于民间那些土说法，是不是云山雾罩，要靠你自己的判断了。我们这里来回答10个有关母乳喂养的常见提问。

Q：同是哺乳动物的奶，人奶是不是比牛奶、羊奶更好？母乳喂大的孩子会更聪明健康吗？

A：同是哺乳动物的脑袋，人脑袋和牛脑袋、羊脑袋差别大了，奶怎么会一样呢？

若要将其全部成分做个比较需要费很大的篇幅，我们先只看下母乳的成分之一——蛋白质。按每100克奶计算，人乳的蛋白含量是0.9克，而牛乳的蛋白含量是3.3克。咦？居然是牛乳的蛋白含量高！不过，多多益善不是在什么时候都成立的。人乳蛋白虽含量低，但质量高，适合人体生长，能满足需要，在胃内凝块小、易消化；牛乳蛋白含量虽高，但毕竟是专为牛犊子设计的，进入婴孩的胃内后凝块较大、不易消化。

至于孩子的成长质量是否有差距，就比较难回答了。确切地说，如果能屏蔽一切其他相关因素的话，不用人奶喂的孩子还真就输在起跑线上了。比如，找 100 对双胞胎，一个吃母乳，另一个吃牛乳，其他条件完全一样，各方面的差别可能就能看出来了。不过这个试验太缺德了吧？

Q：新妈妈产奶量为何有多有少，和乳房的个头有关系吗？是不是动物也存在这种情况，比如奶牛？

A：个体差异肯定是有的，但无法根据乳房外观的大小判断出来。乳房由腺体组织、支持组织以及脂肪组织组成，能分泌乳汁的只是腺体组织而已。因此一个外观上看起来挺大的乳房，很可能是其支持组织和脂肪组织占了挺大地方，乳腺组织反而不多，这样的乳房孩子占不着什么便宜。民间有皮奶子和肉奶子的说法，认为同样大小的情况下肉奶子产量大些，说明民间虽然搞不清楚乳房的结构，但也认识到了乳房个头的大小跟产量没直接关系。

据说在三聚氰胺的事情发生后，好多未婚男青年在择偶的时候更看重对方的胸围了。只可惜这个措施除了审美需要之外，在提供母乳这个具体问题上未必得当。

后面那个问题……你怎么连兽医的问题也问我！

Q：民间说，人奶就像妈妈的血。两者的成分真差不多么？

A：血是啥呀？血细胞加血浆。奶呢？蛋白质、脂肪、碳水化合物、矿物质、维生素、抗感染成分、激素和生长调节因子……成分差别大了。

Q：听说吃一些特定的东西可以下奶，有没有科学依据？啥原理？

A：有一件很重要的事必须在这里提一下，那就是几乎99%的母亲都能母乳喂养成功，使婴儿健康成长。确立了这个信心，母亲在营养方面也没有太大问题，并且能够提早开奶（产后0.5～1小时），按需哺乳，姿势正确，其实也就不存在所谓“下”的问题了。关键是要认识到暂时的母乳不足属于正常现象，只要坚持给小儿吮吸，母乳就会继续分泌，满足其需要。好多家长觉得孩子没吃饱，急于添加其他的奶制品，结果反而使小儿不愿再吸吮母乳了。很多母乳喂养不成功的事例就是出于这个原因。

想到只有1%的人无法真正成功实现母乳喂养，所谓催乳类的食品如鲫鱼汤、猪蹄汤等的真正作用就十分可疑了。尤其一见到“益气健脾、清热解毒、通调乳汁之功”这样的叙述我就头皮发麻，实际上并没有强有力的证据证明某些食品有更好的催乳效果。我的建议是不要相信任何特别的东西，平衡营养、规律饮食就成。

再次强调两点：一是要有信心，要坚持；二是方法要得当。所谓催乳师、催乳食品，很大程度上只是安慰剂的作用。

Q：以前的皇帝似乎很多都是奶妈养大的，奶妈的奶和母亲的奶有啥优劣之分没有？ 现在家政公司炒作的“职业奶妈”能信吗？ 职业奶妈的奶质量是不是会变差？

A：这个问题要看怎么比较了。

母乳的成分随着婴儿年龄增长是有变化的，初乳为孕后期与分娩后4～5日内的乳汁，5～14日为过渡期乳，14日以后为成熟乳，在9个月后则为晚乳。 其营养成分与生物活性成分均有显著的变化，这恰好可以有针对性地为婴儿提供营养、保护等。

如果奶妈恰好跟孩子的亲妈是同时分娩的话，这个时候直接哺乳，理论上应该跟亲妈的乳汁无异；但是如果不知道奶妈已经开始哺乳多久了，那么对一个新生儿来说，在他最需要初乳的时候他却只能在奶妈那里得到成熟乳甚至晚乳，其抗感染能力显然就要稍差些。

所谓的家政公司提供的奶妈，能够提供的都是哪个时期的乳汁呢？ 要初乳有初乳，要成熟乳有成熟乳？ 这几乎是不可能的。 即便可能，让穷人放弃哺乳自己的小孩而照顾富人的小孩，是不是有些邪恶？

Q：广告上说，有啥牛初乳营养含量很高，人有“初乳”吗？ 牛的能替代人的用吗？ 说牛奶硬是啥意思，怎么个硬法？

A：广告商要是看到你的问题估计直接气死过去了。 如果不是因为人的初乳很珍贵，他们何必炒作“牛初乳”的概念呢？您老可好，还不知道人有没有初乳呢！

母体生产后4~5天内所分泌的乳汁，称为初乳。初乳含有特别多的抗体，有助于新生儿的生长发育和抗感染。这部分作用是牛初乳无法取代的。这里面涉及一些免疫学的知识，在这么短的篇幅里说透殊为不易。人体的免疫球蛋白有五大类，即IgG、IgM、IgA、IgE、IgD，在机体中发挥防御的功能。人的初乳中含有大量的分泌型IgA，此抗体是广泛分布于胃肠道、呼吸道以及泌尿道上的抵抗病原的一线抗体，不需要非得入血才起作用。而牛初乳总是宣称其IgG的含量是人初乳的多少倍云云，这个有多大意义呢？IgG是一种可以通过胎盘的血液免疫球蛋白，新生儿时的IgG全由母亲供给，IgG经过代谢在婴儿体内逐渐减少直至消失，以后再逐渐合成，到2岁时已接近成人水平。这里有你牛初乳的IgG什么事呢？喝进去也被当作蛋白消化吸收了，根本达不到他们宣称的目的。

前面说过了，按每100克奶计算，人乳的蛋白含量是0.9克而牛乳的蛋白含量是3.3克，另外牛奶中钙、磷、钠均高于母乳。所谓“硬”指的就是这些。因此，若由于某种原因无法母乳喂养且无条件选择配方奶粉，必须采用牛奶时，就得对牛奶进行改造使其适合婴儿使用。还是就牛奶中的蛋白而言，煮沸可使牛奶中的蛋白质变性，在胃中的凝块变小，使婴儿易消化吸收，且要加水以降低蛋白浓度，减轻婴儿消化道和肾脏的负担。然后，它就“硬”不起来了。

Q：母乳里有什么特殊成分是奶粉模仿不了的？

A：虽然目前的技术可以使配方乳在许多方面跟母乳极为接近，但与母乳还是有许多不同，比如很多成分的吸收率不如母乳高，也缺乏母乳中含有的许多酶、激素、生长因子等。这些活性成分大部分会受高热的影响，因此以牛奶为基础的加工配方中，即使原料中含有这些东西，也不可能在最后的产品配方中存在。有句广告词咋说来着？我们一直被模仿，但从未被超越——对母乳不要说超越了，达到都很困难啊。

Q：什么样的母亲不能喂奶？

A：一方面，母亲患有艾滋病、败血症、肾炎、惊厥、大出血、活动性结核、伤寒和疟疾等是母乳喂养的禁忌证；另一方面，如果是低出生体重儿因其过于体弱而不能吸吮，那母乳也不能浪费，可以用母乳鼻饲。有些一出生就罹患乳糖不耐症的小可怜就没办法吃母乳了。好在在婴幼儿期原发性乳糖不耐症极为少见，一旦出现了就需要由医生进行喂养指导。

只要不存在上述的情况，焉有奶粉嚣张的道理？

中国是乙肝大国，如果母亲是乙肝病毒携带者是否可以哺乳目前尚未有一致的看法。如果只是乙肝病毒表面抗原阳性，这些人绝大多数并无传染性，故产妇可以哺乳；“大三阳”的情况不建议母乳喂养；“小三阳”需检查乙肝病毒 DNA 是否超标后再定。但乙肝病毒携带者采用母乳喂养的一个先决条件是婴儿必须接受乙肝高价免疫球蛋白和乙肝疫苗联合免疫。

Q：孩子吃奶，对妈妈的身体有啥具体影响？当然下垂问题就不用细说了。

A：母乳喂养一个很大的好处就是通过婴儿的吸吮产生反射使母体内产生缩宫素，可以促进乳母产后子宫复原，并有一定避孕效果——不推荐常规使用。另外，哺乳可降低乳腺癌的发病危险性。第一次生产后哺乳期长者乳腺癌危险性降低，哺乳总时间与乳腺癌危险性呈负相关。可能是因为哺乳推迟了产后排卵及月经的重建，并使乳腺组织发育完善。那些没有特殊原因，却不愿意给孩子喂奶的母亲，无形中已经使自己罹患乳腺癌的危险性加大了。

Q：说母乳对孩子比较好，是不是一部分体现在精神安慰的层面？用假喂晃点孩子，后果会不会很严重？

A：这个精神层面的意义其实也是双方面的，对母婴的心理都有很大益处。婴儿方面，能获得安全感，有利于其情商的发育；母亲方面，十月怀胎，一朝分娩，看着心爱的小崽叼着自己的乳头吧唧吧唧地猛吸，对母亲本身也是种莫大的安慰，这是多么大的成就感呀！母性的光辉光芒万丈，终于，这种光辉自己也绽放了一回。谁说母乳喂养只是对孩子有精神安慰？除了他们娘俩以外，当爹的在旁边看着也是恨不能“肋生双乳”取妻而代乳之，早不介意小崽侵犯自己平素里作威作福的地盘了。怎么办？父爱如山，好好干活，多多赚钱吧。从这个角度说，母乳喂养还有利于世界进步，能促进社会和谐。

铅中毒，长相伴

2009年8月14日《人民日报》报道：陕西凤翔抽检731名儿童，发现615人血铅超标。儿童，又是儿童受害！怎么老是你们？

历史上，人们因为无知曾经深受其害，代价惨重，遗憾的是，虽然今天我们对铅中毒已经有了较为深入详尽的认识，但持续地使用铅又造成了新的接触机会，因此时至今日各种铅中毒事件仍未从身边完全消失。铅对我们的戕害，甚至始自人之初……

铅中毒与女性妊娠

在妊娠期间，即使暴露于低铅水平，也会对胎儿产生严重的有害作用，包括发育迟缓、低出生体重和流产。2007年，有研究者报道了这样一个病例：一名22岁的美国家庭妇女，出现了持续的腹部疼痛、膝关节疼痛、神经系统症状（头痛、手指麻刺感、心情十分烦躁）、高血压、慢性肾脏疾病、贫血及牙龈上下有蓝灰色线。

这些症状一下涉及了消化系统、运动系统、神经系统、泌尿系统、造血系统、循环系统，乍看起来，一头雾水，莫说普通人，就是很多医生初次遇到这样的情况也很可能不知道该挂哪一科的号。是什么原因导致了该女子的复杂情形呢？

追问病史，她近期刚刚由于绒毛膜羊膜炎导致了8个月的妊娠意外终止，其牙龈上下有蓝灰色线——这是铅中毒患者特有的“铅线”，只有在铅中毒患者身上才可能出现。进一步检查其血铅，果不其然，铅中毒正是罪魁。

奇怪的是，她最后一次接触铅也已在7年前了。当时，她曾因铅中毒住院治疗，铅中毒的源头被认为是其之前一直居住的公寓。在接受住院治疗后，她和家人迁居到一个由城市卫生署所建立的无铅污染的新公寓。虽然该家庭中其他成员没有经过正式检测，但他们都否认有任何铅中毒症状。该患者同样否认在家中或工作场所中有任何新的铅接触。为什么铅中毒可以在7年之后再次袭扰病人呢？

原来，人体内吸收的铅有90%～95%贮存于骨骼，这部分叫做贮存铅［正磷酸铅，$Pb_3(PO_4)_2$］没有生物活性。但在某些特殊情况下，贮存铅可以转运到血液和软组织中变身为具有活性的可转运性铅（磷酸氢铅，$PbHPO_4$），当可转运性铅超过一定的指标时，铅中毒便不可避免。本例中没有证据表明有新的或增加的铅接触，在此情况下，患者体内铅水平增加最有可能的原因就是由于其妊娠期间体内矿化组织的动员和再分配而引起的。

这个病例使我们见识了铅中毒在多器官水平上对健康造成长期影响的严重程度。

铅中毒与男性生殖健康

由于社会分工的不同，男性受到铅中毒威胁的比例显然更大。 20 世纪 70 年代以来，很多学者观察到，男性大量接触铅会导致不育，其配偶容易流产、胎死腹中甚至生下先天畸形的后代。 一项对 150 名蓄电池厂男工的调查显示，铅中毒与中度铅吸收者生育能力下降，表现为精子过少、无力和畸形的比率增高，轻度或生理性铅吸收（非铅作业车间员工）对工人生育能力无明显影响。 研究者认为，铅所引起的生育能力减退可能是铅对性腺直接作用的结果。

另外，酶活性和代谢的改变常常会使金属元素之间失去平衡，使铅中毒更加复杂化，比如对锌及锌相关辅酶的影响。

锌是体内各种必需微量元素中需求量最大的一种，作为体内百余种酶的辅助因子，与生殖系统代谢活动密切相关，尤其与生殖器官中的多种脱氢酶活性密切相关。

正常男子的精液中锌含量较高，是血浆中锌含量的 100 倍以上。 精液中含有如此丰富的锌，一定有重要的生理意义。 研究认为，锌直接参与精子的生成、成熟、激活和获能过程，当男性体内锌含量较高时，生精能力也较为活跃，与之相反，近半数男性不育被认为同缺锌有关。

当铅中毒时，血铅浓度增高，血清中几种含锌酶的活性则相应降低，精液铅浓度可达到较高水平，而精液锌浓度下降。据推测可能是体内存在铅、锌的拮抗。

国内张学书等对86名铅接触男工进行了精液质量检查，其一次射精量、精子总数、精子密度、精子活力和存活精子数均明显降低，精子畸形增高。还有人给雄性大鼠用醋酸铅灌胃9周，结果精子数目减少——这群倒霉的大鼠啊。

容易受伤的孩子

当成功受孕而又顺利分娩之后，成长过程中的儿童仍比成人更易受铅毒的危害。

之所以这样说，首先是因为在生活中儿童吸收的铅比成人更多。通常铅多积聚在距离地面1米左右的大气中，而这个高度正好是儿童的呼吸带。另外，由于儿童对氧的需求量相对大，故单位体重的通气量远较成人为大；儿童有较多的手—口动作，且以单位体重计算，儿童食物的摄入量明显多于成人，因此其经消化道吸收的铅也比成人多。

再就是儿童对铅暴露的高度敏感。与成年人的职业病性铅中毒情况迥异，儿童对体内铅的生理—病理反应有独特的表现。由于铅是嗜神经毒物，对儿童神经系统—心理—智力—行为发育损伤具有不可逆性。同时铅中毒又可产生多系统、多器官损伤，已成为日常生活中威胁儿童生长发育和健康的常见危险因素，家长们不可麻痹大意。

儿童对铅污染的反应常见的为头痛、腹痛、情绪急躁、攻击行为、外科症状、认知能力下降、学习成绩下降、注意力分散、记忆力下降、持续哭闹、缺钙、缺铁、缺锌及贫血症状、体重不增。

由于儿童高血铅所呈现的“非特异性症状”，又常常导致其被误诊为其他常见病，并予以相应的对症治疗，这种治疗自然难以取得预期效果，治疗反应与常见病治疗反应也不一致。

铅中毒，没人能完全置身事外

生活在当下这个恶劣大环境中的你我，真的没有理由对铅中毒掉以轻心，且不说大型工厂排放到大气中的铅尘与汽车尾气中排出的大量含铅废气让我们无处躲藏，仅饮食和用药不当导致的铅中毒就时常见诸报道。

江苏省某县医院内科曾在11年内收治非职业性铅中毒524例，追查其原因，罪魁祸首是当地饮用米酒和热酒所用的铅锡壶。米酒中的醋酸与铅化合成的醋酸铅 [$(CH_3COO)_2Pb \cdot H_2O$] 为水溶性，易于为胃肠道吸收。醋酸铅略有甜味，俗称铅糖，它的存在居然可以使米酒的口感更佳，殊不知一杯杯美酒下肚，相伴的还有“穿肠毒药”（慢性铅中毒可导致包括腹部绞痛在内的一系列症状，而重度急性铅中毒处理不及时可致人死亡，因此称这样的米酒为“穿肠毒药”也不算危言耸听吧)。如果说无意中误服了含铅化合物尚属倒霉的话，那古代罗马人因为对醋酸铅的甜味上瘾而将其当做酒的调味剂使用，就属于找死了。据推测，公元60年之后的一个世纪里有明文记述罗马贵族人数锐减，极可能与此有关。

含铅类中药应用不当，是生活中铅中毒的另一个主要原因。含铅类中药主要有铅丹(Pb_3O_4)、密陀僧(PbO)、铅粉[$ZPb(OH)_2PbCO_3$]、铅霜[$Pb(CH_3O_2)_2 \cdot 3H_2O$]及黑锡丹(丸)($PbS$)。铅的用途始载于《神农本草经》，据说有镇惊坠痰、截疟杀虫、定惊解毒等功效，能直接杀灭细菌、寄生虫，并有抑制黏液分泌的作用，可以治疗各种疾病，常用于治疗癫痫、癫狂、哮喘、疟疾、皮肤病及肠道寄生虫等。《伤寒论》中治疗“伤寒下后，胸满烦惊，小便不利，谵语，一身尽重，不能转侧”的柴胡加龙骨牡蛎汤；《千金翼方》中治疗消渴的铅丹散；《普济本事方》中治疗“元气虚寒，真阳不固，上热下寒”的黑锡丹(丸)等，都属含铅类中药。

中南大学湘雅二医院曾于2007年报道一例6个月女婴的重度铅中毒。是什么原因让一个只有6个月大的宝宝血铅含量严重超标呢？原来，自宝宝出生起，妈妈一直用黄丹粉为她涂抹全身皮肤。黄丹粉又名铅丹，主要成分是铅加工制成的四氧化三铅。中医古籍记载，铅丹外用有解毒止痒、收敛生肌等功效。民间(特别是衡阳、邵阳等地区)流行用它治疗小儿红臀、痱子等症，目前在不少药店都能买到。如果让小儿长期接触黄丹粉，后果就很严重了。

虽然含铅类中药有毒这一事实中国古人已有所察觉，但也只有语焉不详的记载，如《本草纲目》中载“铅性带阳毒，不可多服”。现代研究表明，铅中毒量为0.04克，可溶性铅盐的致死量为20克，微溶性铅盐的致死量为30克。

在我所能见到的材料中，宣称能驱铅排铅的中药组方颇不少，但卫生部在2006年发布的《儿童高铅血症和铅中毒分级和处理原则》、《儿童高铅血症和铅中毒预防指南》却没提中医。中医博大精深，我们可以从中寻找排铅的方法。

既然如此，我们该怎么办？

对于重度或急性铅中毒，自然需要及时入院治疗，予以排铅驱铅及对症。而职业性铅中毒当以预防为主，按相关标准改善生产条件，加强工人防护和医疗监督。

尤其该引起所有人重视的，是对我们祖国花朵的防护。有学者提出，儿童期铅防治的关键是“零血铅战略”，即在理想状态下保持儿童血铅为零，但事实证明这一战略在今日之中国真的仅仅是“理想”而已。

环境铅污染是造成儿童血铅水平升高的主要原因，而含铅汽油的广泛使用和铅在现代工业中的大量应用是导致20世纪环境铅污染的两个重要原因。有研究估计，迄今为止全球已通过汽车的排气管将多达1000万吨的铅排放在环境中。这样的事实和数据让我们觉得悲观又无奈，但还是有人在努力试图改变现状。

由于对含铅汽油有害作用的日益认识，美国在20世纪70年代就已开始限制汽油的含铅量。研究者在对1976—1980年进行的美国第二次全民健康和营养调查资料进行分析时发现，在这5年期间，随着汽油中铅用量的逐年下降，人群血铅水平也逐年下降。2002年，一份来自上海第二医科大学（现上海交通大学医学院）和上海儿科医学研究所的追踪调查表明，在上海地区推广使用无铅汽油近两年后，儿童血铅水平有显著下降：超过目前国际上公认的儿童铅中毒诊断标准的比例，从37.8％下降到24.8％。同时，据上海市环保局大气铅监测结果显示，上海市市区大气铅含量也有大幅度下降。这表明推广使用无铅汽油减轻了该地区的环境铅污染程度，从而降低了儿童铅暴露的水平。但距离“零血铅”，我们还有多远的路要走？

无论如何，有些我们力所能及的日常生活中的预防措施，还是应该尽量执行。

第一，经常洗手，特别是饭前洗手。一次洗手可以消除90％～95％附着在手上的铅。

第二，凡是小孩子可以放入口中的玩具均应定期擦洗除尘。

第三，定期家庭扫除，平日常开窗通风。

第四，少去街边玩耍，避免吸入汽车尾气。

第五，少吃含铅食品（如松花蛋、爆米花），多吃富含钙、铁、锌的食品。

第六，含铅的中成药丹（丸），临床用于治疗某些慢性病，需加强监测，严防铅中毒意外。

最后一点提示，如果您的孩子出现可疑铅中毒的症状，请及时就医检查血铅和尿铅含量。

当医生的宝宝遭遇感冒

燕子犯傻

2008年11月5日，我家宝宝刚满一周岁，当天的13点30分，我接到老婆燕子的电话。“清晨，咱家宝宝发烧了，咋办呀？”

“多少度？”

“38.4℃度，用不用抱到医院去看看？”

“除了发热之外，有别的情况吗？精神怎么样？正常吃喝吗？有没有哭闹或者打蔫什么的？”

“这些倒是没有，跟平时一样玩耍，吃奶也没见少。用不用上医院啊？”燕子明显已经比第一次问的时候着急了。

“不——用——到医院来，先给孩子洗个温水澡，回头再测体温。”

“那用吃药吗？我出去买啊？”

“药？不用你管，暂时也不用吃，我下班的时候带些回去。”

撂下电话，继续工作。16点30下班，我到药店买了一种退热药（为了避免给读者留下我强调某种退热药的错觉，药名姑且略去）和一种几乎是万能的神药——板蓝根冲剂。退热药是可能给宝宝吃的，板蓝根则是为了糊弄宝宝的妈妈和奶奶，一旦拧不过她们，非要去医院的话，也好拿板蓝根抵挡一阵（不是抵挡感冒，是抵挡燕子和俺娘）。唉，与自己的老婆和亲娘还得运筹帷幄呢，这年头做个坚持原则的大夫太不易了。

到家后，俺娘说，孩子洗澡以后就睡了，体温已经降到37℃了。燕子问："晚上再烧怎么办呀，要不要去医院？"

我狠狠瞪了她一眼说："不用，再烧再洗澡！"

"要是听你的话，孩子被耽误了，我跟你没完！"

"你要再敢跟我胡搅蛮缠，我就给宝宝换个妈！"

可能是我回来的时候关门动静太大了，也可能是刚才嗓门不够小，总之宝宝这个时候醒来了，咿咿呀呀地要妈妈。燕子刚刚被我抢白了一顿，扁着个嘴就去抱孩子了。

"呀！怎么又烧起来了，孩子身上好热。"燕子赶忙把体温计给小家伙夹在腋下，这个凉凉的东西，宝宝显然不喜欢，挣扎着想把手臂抬起来。燕子按着她的胳膊，哄着她吃奶。体温计显示38.5℃了。

我用小勺当成压舌板，看了一下孩子的嗓子，未见红肿，又趴在她胸口听了听心肺，心音、呼吸音都没问题，再扳了扳脖子，也没发现异常（没脑膜炎的表现）。当然这一切显然把宝宝惹闹了，大哭着抗议，哭声嘹亮，中气十足，毫无沙哑衰弱的表现。

“我去烧水，再给孩子泡个澡。”

“能行吗，清晨？ 这招是你自己想的还是书上写的呀？”连我娘也要坚持不住了。

“哈，回头我给你们找证据。”

把宝宝从澡盆子里捞出来后，很快体温又降下来了。 燕子和娘还是一脸狐疑。 我的计划是，在宝宝清醒的时候，就一直用物理法降温，临睡前喂一次退热药。 19 点 30 分，宝宝睡前体温又到了 38.6℃，我把退热药按其体重需要量的最低值给孩子吃了，大约 10 分钟后，孩子开始出汗，体温降下来了，一夜安睡。

一直到我第二天早起去上班，孩子体温都在正常范围内，而且一直状态良好。 但到下午 3 点多，还未到我下班的时间，燕子再次打来电话，这次她有点急了。

“都超过 39℃了，还在家挺着呀？ 我要抱孩子去医院！”

“不去医院就是挺着吗？ 按我昨天的剂量再给孩子吃一次，然后把孩子泡水盆子里！”

“你上班走之后，孩子就又烧了，早上吃了一次药，退热后又烧起来了，有你这样当爹的吗？”

“现在就听我的对症处理，别的暂时没必要，听见没有？”我几乎是咬着后牙槽子在说话了。

说完这些，我把手头的工作跟同事交代了一下，换衣服往家赶。我真担心这个笨妈妈会把孩子抱来医院，就算做个采血化验，也是平白无故地叫宝宝挨了一针不是。宝宝别急，爹回来修理你娘，敢无故给我宝宝采血，没门儿！我心里念叨着发足狂奔，大约20分钟后，等我到家的时候，孩子正坐在床上跟一堆玩具玩得热乎，看她爹回来，连理都不理，更别说感激我救驾之功了。原来，关键时刻，是俺娘压住了阵脚，没同意燕子把孩子抱到医院去，按我说的处理了，孩子的体温很快恢复正常。

第三天，又用了一次退热药，之后孩子的体温就一直保持正常。板蓝根，本来是预备实在无法说服燕子只用对症的退热药时使用的，最终也没用上。

这一次，孩她娘——燕子，败得灰头土脸；孩他爹——李医生，大获全胜。

正视感冒

曾经费了很大的劲也没能说服一个护士朋友不要在孩子仅仅是普通感冒的时候用什么抗病毒药。所谓循证医学这个概念人家根本没听过，也没打算理解。总之，孩子感冒就不能不给抗病毒药，理由还很充分，感冒不是病毒引起的吗？在公众眼里，护士这个群体应该算专业人士，可实际上穿上白大褂的人未必都有科学的医疗常识。如果说护士的循证医学思维之缺失尚可容忍的话，一部分糊涂蛋大夫干脆不理会循证医学这码事就叫人忍无可忍了。

我们先拣能说清楚的简单地说一下，希望能对极个别的人有所帮助。如果有人能经由此小文而改变旧有的观念，那简直能把我乐趴下。

普通感冒是一种上呼吸道感染，俗称“伤风”（打住，别老想在后面加上“败俗”），它由数百种不同病毒中的某一种引起。多数时候，我们无需知道是哪种病毒，临床上也不推荐对临床怀疑感冒的病人进行病原学检测。纵使知道了也意义不大——人类尚无成熟的针对感冒病毒的药物，从这个角度来说，我们甚至可以将感冒称为“不治之症”。

面对感冒，任你是医学泰斗还是武林至尊，除了静待其病程结束，几乎是没有可能将其一击而溃的。这和细菌感染引起的疾病可由抗生素来对付完全不同。比如，由肺炎双球菌引起的大叶性肺炎，在没有抗生素的时代，病人的肺将会经历充血水肿期、红色肝变期、灰色肝变期和溶解消散期（自然病程大约是1～2周）而后痊愈，不过出现严重并发症的话，病人就有性命之忧了。但如果给予有效的抗生素治疗，其症状和体征可以在很短的时间内消失，且罕有并发症。但对付感冒，就没有如此有效的办法，没有葵花宝典也没有九阴真经，可靠的只有我们自身的防御反应。

那么，面对普通感冒，我们就只能消极等待、无所作为吗？非也。

和应该做什么比起来，对付普通感冒，知道哪些是不必做的也许对朋友们更有价值。

第一，没有证据表明应用抗生素可以缩短感冒的病程甚至减少并发症。那么，我们在遭遇感冒而又未出现并发症的时候，吃抗生素又有什么用呢？当一个药物无法发挥出其正面意义的时候，其出现副作用的可能却不会因此而减低。抗生素是对付细菌感染的，但敌机尚未袭来，凭空地打高射炮，你得打多少发炮弹才能把敌机恰好揍下来？

第二，既然现代医学没有针对能引起普通感冒的200多种病毒发明有效药物，那么在对付感冒的时候，应用抗病毒药就纯粹是自欺欺人的行为了。有学者指出，目前国内应用病毒唑（不要望文生义）有95%属于误用，我相信这其中用于普通感冒的占了相当大的比例。就像我前面提到的那个坚持给自己孩子用抗病毒药的护士，是谁使其坚定这个荒谬的观点的呢？教材肯定是没这么写的，那就只能是医生的治疗误导了她了。但其不良反应比如骨髓抑制与溶血作用，这个护士肯定是不知道的。

第三，至于许多治疗感冒的中成药，由于其机制不清、疗效甚微，逐渐被医生和患者淘汰。一些药商为了不失传统，不想改变原有的旧市场格局，就在原有的中药成分中添加上姑息疗法的现代药品成分。加也就加了，但别再嚷嚷什么无毒、无副作用。且莫说其添加的现代药品不可避免地会有副作用，就连中药框架的安全性近年来也受到了广泛的质疑，一批学者剔骨穿心地将中医药批得体无完肤，并指出其归宿——废医验药。只可惜“废医验药”的提出虽然为多数受过正规科学教育的人所接受，但要真正迈出这样的步子没那么容易。“废医验药”的口号，方舟子不是第一个提出的，也不会是最后一个。

之所以将这三点放在一起说，是因为有一部分医生几乎将这三件事全干了。一个普通感冒，上来就是一通组合拳，管它打着没打着目标呢，反正舞得呼呼生风、咔咔作响，家属自然是看得两眼发懵。没准还得暗暗佩服：这大夫水平真高呀，你看，既抗病毒又预防感染还有清热解毒的中药，想得多全面呀，只用7天就把感冒治好了，下次生病还得找他看。

好吧，前三样我都拒绝了，那么吃点对症的感冒药总没问题了吧？每天的电视广告上，我们都能见到许许多多感冒药的广告，既然人类无法缩短感冒的病程，我们用感冒药来改善症状是不是上上之选呢？

事情没有那么简单。

这个世界上没有无缘无故的爱与恨，也没有莫名其妙的症状。在人类进化的过程中，机体自身的防御机制早已经进化出应对感冒的办法。也就是说，感冒所引起的所有症状都是机体抵抗入侵病毒的部分自然反应。应用抗感冒药来阻断或抑制这些反应，实际上反而会使感冒持续更长的时间。

举例来说，轻微发烧会增强机体抵抗感冒病毒的能力，因此使用退热药其实是一种在敌我交战的时候扰乱我方军心的行为。但如果确实无法耐受发热带来的痛苦，退热药物还是要应用的，而且如果是小儿的话，还应该避免出现高热、惊厥。也就是说退热药的应用应该是相机而动。成人如果体温未超过38.5℃，且对发热引起的不适可以耐受的话，那不妨干脆不用退热药；忍无可忍的话，也建议先以物理法降温，无效的话再应用退热药。对于小儿，温水浴是对付发热的好办法，退热药反而是次选择了。在复方抗感冒药物中，有种成分可以让鼻子停止流鼻涕，但它们可能使已受刺激的黏膜变得干燥，因而弊大于利。所以，对于鼻涕，不如任其顺风流淌，也算一桩风流事。

这就涉及另一个问题了，也即我们常用的感冒药，其实总体上可以分为两种：一种是单效的药物，比较常见的是退热药，比如阿司匹林、对乙酰氨基酚、布洛芬等；另一种是复方药物，打广告的基本是这类，广告上宣称几乎可以瞬时缓解所有因感冒而引起的症状。

我们知道，任何一种药物成分都不可能只产生治疗作用而无副作用，因此当我们选择感冒药的时候，应该如何权衡这些呢？

比如你只有发热和鼻塞，那么我的建议便是，退热药加滴鼻剂，而不是一个对付感冒的万能药。因为那种药物除了对付发热和鼻塞之外，其他的成分便处于无的放矢的尴尬场面了，它们自然不会闲着，比如给你制造点副作用啥的。

最后，说说药物之外的措施，甚至也许是最主要的措施。

第一，多喝水。不爱喝水的人可以大量喝汤。这不但有助于加快人体的代谢，还可以防止脱水。有些体弱的病人，在应用退热药之后大量出汗，如果水分补充不足，会有脱水的可能。

第二，多吃新鲜水果。有些证据表明，每天至少服用2000毫克的维生素C，可减轻感冒症状。但我总觉得大把大把地吃维生素C是一件挺傻的事，还不如吃下一堆富含维生素C的水果呢。当然，尚有许多医生不推荐将维生素C用做感冒药。

第三，适当休息。但很多人似乎无法只因感冒就彻底请假休息，在因感冒而休病假还是个有点奢侈的行为的大前提下，我们只好适当地偷懒。比如，除了非完成不可的工作之外，其余的可以往后拖一拖。能请几天假当然更好。

第四，暂时远离烟酒。感冒时吸烟不但会提高感染肺炎和其他并发症的危险性，还会抑制免疫系统。酒精会增加黏膜充血不说，喝多了还会加重头疼。

进退两难

很多人抱怨看个感冒花了很多钱，于是骂医生无良、骂医院缺德。其实有时病人是把其他疾病误当做了感冒，比如已经出现了细菌感染或者其他严重的并发症。这早已经超出“感冒”的范畴，不是简单的对症退热就痊愈得了的。所以，不要在应该使用抗生素的时候却拒绝了医生的正确主张，这样倒霉的是自己。

另外的一种情况，比如有中国特色的抗感冒疗法，中西医结合的组合拳，就得仔细说道说道了。

单从技术层面来说，医生对付普通感冒实在是小菜一碟，就像我处理我的宝宝那样，哪个医生都应该会。 但如果一个门诊医生直接对患者说，回去多喝点开水，适当休息就成了，回去吧，不用打针，也不用检查，发热的话吃点退热药就行了……他很可能被家属大骂一顿，之后人家换个大夫继续看。 能开一系列检查并打出一套“组合拳”来抗感冒的医生远多于肯适当担当风险而倾向于少用甚至不用医疗资源来对付感冒的医生。 久而久之，“组合拳”雄霸天下也就不足为奇了。

由于我的工作性质，我确实没有在工作中对付过感冒的病人，但外科门诊经常遇到家属要求做CT的，多见于有肇事方的情况。 当我觉得没必要的时候，我会说CT目前没有必要，而且CT的辐射对孩子伤害很大。 搞得家属最后大骂：“你他妈的跟这个司机什么关系？”最后我不得不开CT检查，伤心几次之后干脆懒得跟家属解释辐射的事了。 求仁得仁，我何苦为了原则将自己陷于不利？ 很多“组合拳手”就是这么被逼出来的。

所以，还是“组合拳”疗法最容易说服患者接受。 而且，如果这么治疗还是出现并发症了，你可无话可说了吧？ 我打出去的可是散弹呀，居然还有漏网的，那只能怪你老兄点背了。

血管瘤，分清真假再动手

很多人可能都见过、听说过血管瘤，也有不少年轻的父母正为自己宝宝的血管瘤所困扰，但绝大多数人恐怕不知道血管瘤其实是分“真假”的。

在以往的文献和书籍中，先天性皮肤血管病变的分类和命名一度十分混乱，而将这一类疾病统称为“血管瘤”，在原来的“血管瘤”大家族中，包括一类现在已经定义为“血管畸形”的情况。别小看这一貌似很小的改动，这使得很多患儿免于错误治疗的伤害。就小儿血管瘤而言，曾有学者指出血管瘤的主要损害甚至不是来自疾病本身，而是不恰当的积极治疗。

为什么分清“真假”如此重要？因为新分类体系下的血管瘤，绝大多数是可以自然消退的，而血管畸形则不可能自然消退。统计学结果表明，血管瘤在5岁以内的自然消退率为50％～60％，7岁以内为75％，9岁以内可达90％以上。部分患儿家长不听医生劝阻而施行了手术治疗，纵使这个血管瘤是长在屁股上，但这一刀下去虽不至于影响容貌，毕竟也是一次本可能避免的创伤。

为什么会出现许多家长积极要求手术治疗的情况呢？ 这得从血管瘤的发病过程和病变特点说起。

且说经过长期大量的观察，学者们发现大多数血管瘤都有增生、静止、消退3个时期（先天性血管瘤可以没有明显的增生期，直接进入消退期，消退速度较其他类型为快）。

血管瘤通常在出生或出生后10～40天里出现。最初是一个淡红色、界限清楚、不高出皮肤表面的斑，如果孩子是在这个时候就诊，由于斑块尚不显著往往还容易接受观察等待的建议。但2～3个月以后，血管瘤开始进入增生期，红点增多，范围扩展，毛细血管瘤变成鲜红色，形成高出皮面而分叶的肿物，这时候家长就容易慌神了，开始怀疑等待观察的合理性，尤其是当相关并发症如溃疡感染等情况出现时，就更容易要求采取积极治疗的措施（比如手术）。如果是躯干四肢的血管瘤，手术处理还相对简单，但若在增生期切除腮腺血管瘤，则常导致大量失血，损伤面神经，甚至留有凹陷畸形。这在中外都有过惨痛教训。

血管瘤的增生期长短不一，一般认为多在6个月到1岁之内便达到静止期。当血管瘤生长到最大程度，经过一个静止期后，在1～2岁时开始消退。整个消退期大约持续2～5年，最后病变全部消退，不留痕迹，局部皮肤恢复正常。只有少部分病例遗留皮肤改变（比如皮肤瘢痕萎缩）等情况。

近些年，有许多学者试图探究血管瘤自然消退的机制，但迄今为止尚无令人满意的解释。有学者通过相关实验证明，血管瘤的自然消退是细胞凋亡的结果，但是凋亡相关基因功能的调控机制仍不清楚。总之，血管瘤为什么会自然消退这一问题依旧是个谜题。

人类对任何一种疾病的认识都不是一帆风顺的，都要经历曲折与反复。为什么在我们对血管瘤的认识还不够清楚的时候，就有医生选择了现在看来十分恰当的处理办法——观察，也许跟很多血管瘤长在头面部不无关系，投鼠忌器呀。我们要感谢这些默默无闻收集数据资料的学者。

虽然我们远未彻底阐明有关血管瘤的全部奥秘，但至少就目前而言，对于多数小儿血管瘤的治疗其原则应该是简单的——仅需定期观察和耐心等待。北京大学口腔医学院口腔颌面外科曾祥辉等认为，多数患儿可以观察到5～6岁之后再考虑积极的治疗措施。家长们应该明白，保持健康的正常组织和外观才是最重要的。在观察等待的过程中，即使出现了溃疡出血或感染等并发症也只需进行局部加压、清洁和抗炎等简单处理。只有影响功能或严重影响美观甚至威胁生命的并发症出现时，才考虑手术、激光、激素等积极治疗。对于具体的患者，应对多项因素进行综合分析研究后，再制定合理的治疗方案。患者家属的强烈要求，不该成为医生对早期血管瘤实施积极治疗的理由。

但“假血管瘤”也即血管畸形（占先天性皮肤血管病变的20%）就不能自然消退了，目前的治疗措施有激光、光动力、血管硬化、血管栓塞等。但比较令人头疼的是这类疾病总体上来说尚无一种完善的治疗措施可以兼顾消除病变与美容效果，也即所有的治疗措施均有其缺点。因此许多学者主张，除非影响功能、威胁生命、有明显的症状或严重影响美容，否则治疗方面应该慎之又慎、反复权衡利弊。

最后提醒各位家长一点，普通人基本没能力区分什么是血管畸形、什么是血管瘤，这个难题还是交由医生来判别。诊断困难的病例，必要的时候可能会切去一小块组织进行检验。考虑到不恰当治疗会造成更为严重的后果，这点小创伤，还是值得的。

这条小鱼在乎——先天性心脏病患儿的生之路

所有的外科专业，都面临情感和心理上的挑战，先天性心脏外科则更有其自身特殊的挑战。目睹新生儿患有严重的、威胁生命的心脏病是一种心灵震撼。但是，那些有类似经历，即没有孩子的夫妇经多年努力终于受孕，忍受着怀孕的压力，然后再面临孩子要经受重大手术的情况，对于他们而言，痛苦是双倍的。一个孩子的死亡是任何人在一生中所面对的最大惨剧。先天性心脏外科医生在职业生涯中，多次目睹并承受着这些言语诉说的真相……

——哈佛大学医学院外科学教授 Richard A. Jonas

有关市慈善总会要资助贫困家庭先心病（先天性心脏病）儿童手术的消息一经放出，无论门诊与病房，来咨询的家长明显比平时多了。类似的慈善活动一直有一个不成文的规定，那就是有限的善款要集中救治那些相对轻症的，也即能保证救一个活一个的患儿。在往来咨询的家长中，有相当一部分因不符合相关要求而失望离去，但也有去而复返的，他们总希望抓住这个救命的机会。

我是第二次看到这位母亲了，昨天来过一趟，今天又来而且还带着孩子过来了。她蹲在我们办公室外的宣传板前，从上到下仔细琢磨着每一个字，生怕漏掉一点细节——一个对她们母子来说可能是救命的细节。

“大夫，我们的情况……”

“真的很对不起，”其实同样的话我昨天已经说过一遍了，今天不得不再说一遍，“这是市慈善总会搞的救助贫困先心病患儿的活动，你也看到了，范围只包括七区十二县，你不在这个范围，我们实在无能为力，而且……”后面的话我没说。因为她的孩子还不是一个简单的先心病，而是一种包括多种解剖学异常的相对复杂的先心病，其手术死亡率相对较高，整个术前术后的花费可能够救活 3～4 个其他简单类型的先心病患儿（比如室间隔缺损和房间隔缺损手术死亡率几乎为零）。这样的比较当然是残酷的，然而更为残酷的现实是，中国每年约有 20 万名先心病患儿出生，其中半数患儿需要手术治疗，但由于各种原因每年只有 4 万～5 万名患儿有机会接受手术……最主要的原因当然是贫困。

“大夫，你看我们的孩子还能活多久？”

我知道同样的问题这位母亲可能已经问过很多医生了，也许她希望能有哪个医生说她的孩子不做手术也可以活很久，也许……她将要做一个极艰难的决定。

“别家医院咋说的？”我试探性地问了一句。

“啊，孩子4岁的时候我们确诊的这个病，当时大夫说我们孩子如果不手术就活不过3年，可是他今年已经8岁了，就是老说累，总得肺炎。”说罢又眼巴巴地望着我，等着一个不知是喜是忧的结论。

这个8岁的孩子，看起来也就是6岁的样子，很瘦，颇为显著的是，这个孩子的颜面、口唇都是青紫色的，嘴唇的颜色接近茄子皮。这是因为其右半边心脏里未经氧合的血，不经过肺而直接流到左半边心脏并通过主动脉运往全身各处，因而动脉血里混进了许多还原血红蛋白，产生紫绀。根据紫绀出现的早晚，可以大致预测出该病人的自然病史。这个孩子是在生后不久就出现了紫绀，理论上预后极差，通常活不过4～5个月，活到现在真的已经很不容易。但看这个孩子现在的状态，他余下的日子已经不多了。且莫说当前最大的问题是她无法筹集到足够的治疗费用——有钱不会拖到现在，就目前病情来看，纵使有足够的钱，其术后的生存机会也极渺茫了——患儿早已错过了最佳的手术时机，此时手术不是救命乃是催命了。可面对一个已经心力交瘁、几近崩溃的母亲，我该怎么说呢……

每年中国都有数万起类似的悲剧在不同的家庭中上演，未经治疗的各种先心病婴儿中约60%于1岁内死亡。遗憾的是，人类现在还没有完全破解先心病的成因，可能与子宫内感染（如科萨奇病毒）、孕妇服用抗癌药、酗酒等有关，因此加强对孕妇的保健，避免与发病有关的一些高危因素，就是每一对夫妻唯一能做的对预防小儿先心病有意义的事了。

区区几万元和一个孩子的一生相比似乎显得无足轻重，但就是这几万元，成了制约某些孩子及时接受治疗最关键的因素，而且在孩子死亡之前反复发生的并发症的治疗费用也使得原本贫困的家庭雪上加霜。如果你在网上以“先心病”为关键词进行搜索，就会发现很多城市都有慈善机构为救助这些可怜的孩子和家庭慷慨解囊，然而面对人数众多的贫困先心病患儿，有限的善款常显得力不从心。

我们只好用那个著名的故事来自我安慰：我们救不了所有搁浅在沙滩的小鱼，但是我们可以俯身将这些身边的、脚下的小鱼扔回大海，使它们免于在绝望中干渴而死。至少，这条小鱼在乎。

上周来的一个患者，9岁男孩，隐睾。

我去采集病史，仔细查体后，问其父相关情况。这位衣着光鲜的农村爷们说：“有一天，俺家孩子问，爸爸，我跟别的小孩儿下泡子凫水，发现为啥别人都是两个蛋蛋，我却只有一个呢？”

我用最短的时间强压了一下怒火，并假装思考似的闭了一下眼睛——其实是在调整情绪，硬挤出了一个皮笑肉不笑的微笑说：“好，我知道了，麻烦你到办公室来一下，在病历上签个字。”

但你看到这里一定很奇怪，为啥这大夫平白无故就生气了呢？

这不是明摆着的答案嘛：谁家生个儿子不得当个宝贝蛋似的？缺了一颗睾丸居然到9岁才发现，这爹当得也太混蛋了吧！这让我如何不生气？对孩子也太不负责了。不说了，这里也只能说说隐睾。

隐睾（cryptorchidism）也称睾丸下降不全（incomplete or

chiocatabasis)，指睾丸未能按正常发育过程下降至阴囊底部。通常早产儿隐睾的发病率为30%，足月儿为4%，1岁时为0.66%，成人为0.3%。这一组随年龄增大而递减的发病率能说明什么呢？睾丸是随着胎儿的成熟而下降的，且这一过程在生后仍未停止，只不过1岁后下降的机会明显减少罢了。所以，如果男宝宝的睾丸到1岁还没下降到阴囊，那就必须得到医院求治了。

好多隐睾之所以被延误诊治，就是因为隐睾似乎没影响孩子的吃喝拉撒甚至长体重和个头，所以有些家长即使发现孩子少了个蛋蛋，也没觉得是异常。

事实上，隐睾分泌的雄性激素足可以维持男性的外部特征和性功能，但其生育能力会大受影响。双侧隐睾如果不治疗的话，几乎无生育能力，如果早期治疗生育率可达40%。单侧的隐睾2岁前手术，生育率达87.5%；3～5岁手术，生育率达57.1%；13岁以后手术，生育率只有54.3%。这组数据提示的也很明显：手术越晚，效果越差。现在公认最适宜的手术年龄为2岁以前。

治疗方面，除了主要的方法即手术之外，早期还可以考虑激素治疗，通过其内分泌系统促进睾丸下降。但多数时候，激素治疗效果不理想。那么，对于那些通过激素治疗没能使睾丸下降到阴囊的患者来说，是不是这样的治疗就失去意义了呢？其实也并非如此，因为即使激素治疗没能使睾丸下降，但可以使睾丸增大、精索（连接睾丸的血管和输精管等结构）增粗，从而有利于随后的手术。

不过必须说明的是，手术也无法使全部的患者获得生育能力，而且隐睾也可以有性功能。那么，如果一个人根本不在乎是否有生育能力，是不是可以选择不做手术呢？非也，因为隐睾带来的麻烦还不止不育。

睾丸肿瘤听说过吗？

在15～35岁年龄组中，睾丸肿瘤为最常见的恶性肿瘤之一，仅次于白血病、恶性淋巴瘤和脑肿瘤，居恶性肿瘤的第4位。虽然许多资料均提示其病因可能与睾丸创伤、内分泌障碍、遗传及感染诸多因素有关，但都缺乏足够证据。迄今为止，最具说服力的是隐睾与睾丸肿瘤的关系。早在1942年Campbell就报道，每20只腹腔隐睾、每80只腹股沟隐睾中就有一只睾丸发生睾丸肿瘤［参见：汤钊猷，《现代肿瘤学》（第2版），复旦大学出版社，2008年］，而亚洲的整体发病率仅为十万分之一左右。

比较一下，危险了多少倍？

最后还是要叹息一声，因为即使做了手术使睾丸得以复位，也不能完全防止睾丸发生恶变。在这里，手术的意义是可以更方便地观察睾丸，早期发现恶变。

阴囊是一个皮肤囊袋，中间有一隔，将阴囊分为左右两室，室内睾丸、附睾各安其所。《一个蛋蛋也不能少！》讲的是阴囊里缺了蛋蛋可不是闹着玩的，必须予以高度重视，不然后果堪忧。这回要说的是腹股沟斜疝——阴囊里多了东西也挺麻烦。于是便想到了上面的题目。

非请莫入？莫非阴囊里的蛋蛋是被请进去的？

话说自子宫内珠胎暗结，混沌乍开，人形初具，各个组织器官忙而有序地各自发育。且说在这一过程中，腹膜在腹股沟内形成一袋形突出，名曰腹膜鞘状突，其下有一索带，是为睾丸引带。开始的时候，睾丸是在腹腔里头待着的，当腹膜鞘状突随着睾丸引带降至阴囊的时候，睾丸便随之下降。这个邀请的过程如果发生了问题，导致睾丸不能下降到正常的位置，那就是隐睾了，有关问题在《一个蛋蛋也不能少！》里已经说得差不多了。

那么，那些没有接到邀请的家伙有机会溜达到阴囊里去吗？

正常发育时，在出生前后鞘状突逐渐萎缩闭塞，附着于睾丸上的腹膜鞘状突未闭塞，形成睾丸固有鞘膜腔，与腹膜腔不再相通。也就是说，阴囊和腹腔彻底成俩单位了，如果没有特殊情况，基本上是老死不相往来的，大门都关上了嘛。可偏偏有一部分人在出生1年以后，鞘状突仍保持开放状态，这该关的门关不上，可不就容易出问题嘛！

腹股沟疝，老百姓称其为疝气，认为是生气导致的。还别说，这还真不是完全扯淡的说法，好多家长发现孩子的阴囊出现了睾丸以外的东西，都是在孩子气得哭闹不安的时候——腹压增高了嘛。

理论上，出生时腹膜鞘状突有80%～90%仍未闭塞，随着年龄的增长，闭塞逐渐增多，生后1年仍有57%未闭或部分未闭。而小儿腹股沟疝的发生率只有0.8%～4.4%。数据相差这么大是为什么呢？略微思考一下就能明白，即并非所有腹膜鞘状突未闭的小儿生后都会形成疝。

腹膜鞘状突部未闭的小儿如果同时伴有腹壁肌肉发育薄弱，或经常哭闹、长期咳嗽、便秘等，造成腹内压力升高，就可能使肠管或者大网膜顺着鞘状突坠入阴囊，形成腹股沟疝。通常，疝能够在安静平卧位的时候自行复位，若一旦发生嵌顿（就是卡住回不去了）就比较危险了，不及时处理可能危及生命。

那么，疝气应该如何治疗呢？

在中国民间，确切地说是在我的老家，流传着一种神奇的治疗方法，据说有奇效。但必须满足如下条件：

第一，要在自家菜园子里找到一连体茄子，也即双胞胎茄子。要在无人知晓的情况下摘取，挂于背阴且通风的地方。

第二，时辰不能差，要于午夜子时、夜深人静的时候，用新买的针刺那茄子，每天一次，每次 100 下。

第三，方向不能反，比如娃是左边的阴囊有问题，你却刺右边茄子，这非但治不了病，反而会带来别的麻烦。

第四，秘密要保守，就是这个事不能说出去，一旦说出去就不灵了。而且这条严苛到什么程度呢，就是你真的用这个方法治疗好了病，也不能说出去，一旦说出去就会复发。

可惜，我小时候一直没在自家院子里找到这样的茄子，不然在没当大夫之前就可以验证一下，看看我表弟的疝气能不能被这样治好。虽然我长大以后做了外科大夫，而且恰恰是普外的大夫，经常要面对好多疝的患者，由于我始终没找到合适的茄子，这个传说中的方法是否灵验，就只好交由能找到这样的茄子且恰好家中有这样病人的朋友们来验证了。

上面说的，当然是扯淡，咱们回到正事来。目前多数情况还得靠手术解决问题，只是并非所有腹股沟疝的病例都要立刻手术。对 6 个月以内的婴儿，可采用疝带或棉纱束带压迫腹股沟，有部分病儿可通过此种方法使腹膜鞘状突自行闭合而治愈。需要提醒的是，这个方法必须在医生的指导下正确使用，否则将不能达到治疗的效果，或者说只能达到跟扎茄子一样的效果。而 6 个月以上婴儿的腹股沟疝自愈的机会就很少了，消极等待容易等来危险，等到发生嵌顿不得不手术的时候，其手术效果是要打折扣的，急诊手术比择期手术复发的机会大些。

最后纠正几个认识误区：

(1) 腹股沟疝不是男孩子的专利，女孩子也有，只是男性占大多数而已。其性别发病率比例为 15 : 1。

(2) 不要相信某种药物，它们的作用不会比扎茄子效果更好。

(3) 这个手术不会伤什么元气，操作上也不复杂。超过半岁而仍未自愈时，手术的决断要及时。

(4) 成年以后仍会发病，手术方式和小儿有很大不同，这个就不详细分解了。

包皮非切不可吗？

在儿童医院的外科门诊，无论白班还是夜班，总有这样一类“患儿”家长：

“大夫，你看我们孩子的包皮用不用切？”

“不用。”

“可是我们想切……”

“我说了不用。”

“但很多孩子都切了，听说这个手术能带来许多好处，而且小时候切，痛苦小……”

……

因为中国多数儿童医院的外科门诊都是极忙碌的，如果这样一位家长看病时，正好赶上几个真正的急诊，比如脑外伤一类的，那大夫极可能不再过多解释，收住院了事。到底该不该切，那些所谓的好处是否真的存在，还真不是在门诊那种忙乱嘈杂的环境下三言两语能说清楚的。

说来话长，包皮环切这种手术在西部非洲已经有 5000 年以上的历史了，在中东也至少有 3000 年的历史。全世界大约 1/4

的男性做过包皮环切术，大多集中于北美、中东和亚洲穆斯林国家以及大部分非洲国家。而中国由于文化和信仰的差异，本来大部分男性新生儿未行包皮环切术，但近来不少家长由于种种原因也开始跟风了。

事实上，对于小宝宝来说，除了反复发作的包皮炎和因包茎导致的排尿困难等病例确实需要行包皮环切术之外，其余的情况是否有必要行包皮环切手术在医学界是一直存在争议的。

美国的情况颇有代表性，手术率几番沉浮。早在20世纪70年代，由于传统的原因和医学界当时的见解，美国约有80%的新生儿施行包皮环切术。后来由于美国儿科学会认为包皮环切对健康有好处的证据不足，故采取了明确反对新生儿常规做包皮环切手术的立场。因此到了20世纪80年代中期，手术率降到约60%。可谁知进入1989年以后峰回路转，又有新证据表明不做包皮环切与各种健康危险有关，美国儿科学会只能见风使舵，不过这次他们学乖了：既不支持也不反对，但美国小儿的包皮环切手术率还是再次增加了……自1999年以来，美国先后有16个州取消了包皮环切的医疗补助金，而到了2007年美国小儿科学院考虑到目前又有进一步的数据，可以重新修正包皮环切有关的政策。真是生命不息，折腾不止，小小的包皮居然搅得人们大动干戈——反对者认为这是一个野蛮愚昧行为，违反人权；支持者则认为该手术好处多多，堪比疫苗。

其实包皮环切术的鼓吹者与反对者都有不同程度的证据支

持，我们不妨仔细看看他们的核心观点及有关证据，以期做决定时能够权衡利弊。

最初由于宗教原因切除包皮的古人，当然不会了解到包皮的生理作用，亦不可能确切知道包皮切割后带来的实际益处。目前认为小儿的包皮还是有一定作用的，主要是保护未成熟的阴茎头，使龟头保持湿润、敏感，避免不良刺激，但远非一些极端的反对者所宣称的那样作用巨大。甚至有人将包皮对龟头的保护作用与眼皮对眼球的保护作用相提并论！此类文章往往是观点鲜明、措辞激烈，对大众而言颇有迷惑性。以盈利为目的片面强调包皮切除的好处忽悠人固然不对，但为抨击这种做法就罔顾事实与证据，也是不可取的。

目前学术上关于包皮环切最主要的争议集中在包皮过长与尿路感染、阴茎癌和人类免疫缺陷病毒（HIV）感染的关系上。研究表明，包皮环切术能显著降低新生儿尿路感染的机会（从7‰下降到2‰以下），但其并发症（如出血、感染）发生的概率也在2%左右；大量证据表明，新生儿包皮环切术是阴茎癌的重要预防措施，但阴茎癌本属罕见肿瘤，发病率极低。每年为30万名新生儿行包皮环切术，才能预防1例阴茎癌的发生。以这两种情况来分析风险效益比，显然不太划算。

近年来有关包皮的研究成果，最引人注目的当属有学者发现包皮内板上有较多能结合HIV的受体，因此理论上包皮环切术将能够减少HIV感染的概率。之后的人群调查及大规模对比试验确实证实了该观点，因而有学者指出，如果南部非洲普遍实行新生儿包皮环切术的话，10 年内可减少约 200 万新增 HIV 感染者及 30 万艾滋病死亡人数。旧金山市健康部门主持性传播疾病预防和控制事务的杰弗里·克劳思纳不无夸张地说："这是 20 年来最伟大的医学发现。"但近期有学者将目前的文献系统分析后发现，没有足够的证据证明包皮环切术与成人异性间 HIV 感染的关系，将包皮环切术作为减少 HIV 感染的公共卫生干预措施值得商榷。而环切术是否会使男性产生错误的安全感从而发生高危性行为也是值得警惕的，模型实验的结果提示，如接受过环切术的男性明显加强高危性行为频率，那么环切术的预防效果将被完全抵消……这场争论似乎仍将继续下去。美国疾病控制与预防中心经过论证之后，结论是没有足够理由在美国全境推广此项手术，但同时指出作为个人的男性不妨考虑将包皮环切术作为一种额外的预防 HIV 感染的措施。

此外，"包茎"是又一个导致很多患儿家长求治的原因。有学者通过对 4 个年龄组的调查后发现：3 岁男孩存在包茎的高达 20.61%，至 7 岁时则为 10.86%，随着年龄增长，包茎发病率进一步下降，12 岁时仅为 3.06%，18 岁时包茎的发病率仅为 2.58%。从这组数据我们可以看出，过早地行包茎手术治疗，至少有相当一部分孩子，这一刀挨得有点冤，因为随着生长发育部分患儿的包茎可自行解除。故多数医生主张对于 12 岁以前的"包茎"病例应慎重行包皮环切术。

目前，中国的学者及大部分医生通常建议只有当包皮嵌顿、包茎合并排尿困难、反复发作的包皮炎、瘢痕性包茎、青春期后包皮仍不能上翻者才是手术的适应证。至于有些家长考虑到该手术潜在的对某些疾病的预防效果及对性生活方面的帮助（这方面的调查结果也彼此矛盾，结论并不一致），我觉得不妨让孩子长大成人之后自己决定，毕竟该手术还是存在一定风险（即使很小），并会给孩子带来恐惧与疼痛。当然，如果你非切不可，医生也不会拼命阻拦的。

我用“话聊”治腹痛

正庆幸值班时间可以安静地写一个上午病历，就有位家长神情紧张地来到我跟前说：“医生，快去看看我的孩子，他今天都打算出院了，肚子忽然又疼起来。”

随家长来到孩子所在的病房，这个男孩正表情痛苦地在病床上辗转反侧。给他做腹部检查，无固定的压痛点，听诊觉肠鸣音稍活跃，可以第一个排除阑尾炎——我看到了他右下腹的阑尾手术切口。

由于病人不是我直接负责的，我简单安抚了家长和病人几句，就回办公室翻查病历。病人的入院诊断是肠系膜淋巴结炎，入院时白细胞稍高，最近的一个血细胞分析显示，白细胞已经降到正常，肝胆、胰脾、胃肠超声和胃幽门螺杆菌测定都没问题。

还能是什么原因导致的腹痛呢？泌尿系结石？过敏性紫癜？

我再次返回病房，建议对病人进行泌尿系超声和尿液分析的检查。如果超声能在肾盂或输尿管中发现结石，或者尿液分析能发现镜下血尿的话，现在的疼痛就可能是泌尿系结石所为；另外，有些紫癜也会导致剧烈的腹痛，当全身尚未出现出血点时，肾脏可能已经受到了攻击，在尿液分析中就会发现红细胞。如果这两项检查能发现问题，就可以进行针对性处理了。

然而，随后的这两项检查结果全是阴性。我的猜测落空，孩子腹痛依旧。

我又想起肠道痉挛也可引起疼痛，于是建议使用开塞露协助孩子排便排气。几分钟后，家长一脸无奈地来找我："还是没缓解，咋办啊？……唉，这孩子本来学习就不好，这回又耽误这么多天，本想出院后就回去上课的，不料又疼起来了。闹心！"

家长这番也许无心的牢骚，却给了我某种提示。我第三次来到病房，重点检查了孩子的腹部。这会儿，压痛点跑到左下腹去了。

"我觉得你这个肚子疼，问题不是太大，你的阑尾被咔嚓掉了，阑尾炎可以排除；白细胞不高，有种少见的叫阑尾残株炎的疾病也可排除；而你现在左下腹又疼了，在左下腹你没什么特别的零件啊。若你是女孩，有个左侧卵巢，我还能考虑一下黄体破裂啊、宫外孕什么的……"家长大笑，孩子也笑，表情似乎不那么痛苦了。

"从你住院以来所做的检查来看，排除了肠梗阻、肾结石、紫癜、胃炎；肝胆、胰脾、肾脏、输尿管、膀胱等超声也查了，都没发现问题。 所以呢，我可以很负责地说，不会有太大问题。 很可能就是一过性的功能性腹痛，不是器质性的。”

“那我们现在该怎么办呢？ 他真的挺疼的呀！”家长趁我说话的间隙，赶忙问了他们最关心的问题。

“分散他的注意力，”我用眼角的余光扫了一眼那个大男孩，发现他一直很专注地听着，“比如，让他玩玩游戏啊……再比如，打打球什么的。”

“啊，我孙子乒乓球打得可好呢……”孩子奶奶自豪地说，男孩脸上也明显洋溢着得意之色。 可是孩子爷爷的话马上抹掉了他的自豪感：“打乒乓球有什么用，考不上大学，将来有个屁出息！”其他人一时语塞。

“老爷子，您这个观点可不对。”我说道，“量体裁衣，因材施教，行行出状元嘛。 您孙子有自己的爱好，您非逼着他做他不喜欢的事，搞不好毁掉的是一个‘孔令辉’……哦，扯远了。 再观察一会儿，不用做什么特别的处理。 我觉得孩子问题不大，如果疼痛有变化，再跟我说。”

大约十分钟后，孩子真的不疼了，得以顺利出院。 我嘱咐家长，回家后不要把孩子逼得太紧。

其实，孩子的这种情况，我们把它叫做功能性胃肠病。 这是一组胃肠综合征的总称，多伴有精神因素的背景，属于心身疾病。 其发病、发展、转归和防治，都与心理社会因素密切相关。 在中国传统医学中，也有“忧思恼怒，伤肝损脾致胃痛”

的说法。有研究发现，持续的精神紧张、情绪激动等神经精神因素，可使迷走神经异常兴奋，使胃酸分泌过多而导致胃痛。

需要注意的是，功能性胃肠病的诊断需要慎之又慎，一旦漏诊了严重的器质性疾病，后果就比较糟糕了。

图书在版编目(CIP)数据

宝贝别怕/DNA等著. —杭州：浙江大学出版社，2011.6

ISBN 978-7-308-08581-6

Ⅰ.①宝… Ⅱ.①D… Ⅲ.①婴幼儿—哺育 Ⅳ.①TS976.31

中国版本图书馆CIP数据核字(2011)第061746号

宝贝别怕

DNA 瘦 驼 云无心 李清晨 著

策 划 者 蓝狮子财经出版中心

责任编辑 徐 婵

出版发行 浙江大学出版社

(杭州市天目山路148号 邮政编码310007)

(网址：http://www.zjupress.com)

排　　版 杭州大漠照排印刷有限公司

印　　刷 浙江印刷集团有限公司

开　　本 880mm×1230mm 1/32

印　　张 6.25

字　　数 120千

版 印 次 2011年6月第1版 2011年6月第1次印刷

书　　号 ISBN 978-7-308-08581-6

定　　价 29.00元

浙江大学出版社发行部邮购电话(0571)88925591